NON STOP

Lester Chekker
69er L.U.S.T.

Roman

NON STOP

NON STOP
Nr. 23190
im Verlag Ullstein GmbH,
Frankfurt/M – Berlin
Titel der Originalausgabe:
The 69 Pleasures
Aus dem Amerikanischen
übersetzt von
Barbara Bach
Neu eingerichtete Ausgabe

Umschlagentwurf:
Theodor Bayer-Eynck
Foto: MAURITIUS-Glamour Intern.
© 1967 by Tower Publications
© 1970 by Verlagsgesellschaft Frankfurt
Alle Rechte vorbehalten
Printed in Germany 1993
Gesamtherstellung:
Ebner Ulm
ISBN 3 548 23190 X

November 1993

Die Deutsche Bibliothek –
CIP-Einheitsaufnahme

Chekker, Lester:
69er LUST: Roman / Lester Chekker.
[Aus dem Amerikan. übers. von Barbara
Bach]. – Neu eingerichtete Ausg. –
Frankfurt/M; Berlin: Ullstein, 1993
   (Ullstein-Buch; Nr. 23190: Non-stop)
   ISBN 3-548-23190-X
NE: GT

Prolog

Lucy Chang war nackt unter ihrem seidenen Cheongsam.

Die Reibung der goldenen Seide an ihren Knospen erregte sie, aber bei weitem nicht so sehr wie der Gedanke, daß sie am selben Abend viele amerikanische Dollar verdienen würde. Geld bedeutete Lucy Chang eine Menge, mehr als der süße Bohea-Tee, den sie erwartete, mehr als die aufregenden Liebkosungen, mit denen der reiche alte Ling Pao ihren auserlesenen Leib aufs verschwenderischste bedachte.

Sie und zwei andere Mädchen vom Golden Lion Tanzsaal waren hierher in diese großartige Villa auf ›The Peak‹ – der wahrscheinlich exklusivsten Wohngegend in ganz Hongkong – bestellt worden, um drei reichen chinesischen Kaufleuten zu Gefallen zu sein. Lucy genoß diese Besuche in der Villa von Tz'u Hsi. Tz'u Hsi war ein großzügiger Gastgeber, und er und seine Freunde zahlten gut für ihr Vergnügen. Lucy Chang war in Geld verliebt.

The Poppy war bereits vorangegangen. Lucy überlegte, ob sie vielleicht tanzen sollte, denn es bereitete der geschmeidigen Chinesin das größte Vergnügen, ihren Körper zur Schau zu stellen; und sie war eine Expertin in vielen Tänzen, sowohl in rituellen als auch in erotischen. Sie hielt sich noch im Garten mit den wie Mondsicheln geformten Brücken und den plätschernden Springbrunnen auf, denn sie wußte, daß der alte Ling Pao jede ihrer Bewegungen beobachtete – und er war äußerst großzügig gegenüber seiner bevorzugten *hsin- kan*, seinem Liebling.

Katya Kuchin, die Mongolin, tändelte noch immer mit der hübschen K'u-hsien, dem Mädchen, das am Tor dieser Sommergärten stand. Lucy kannte Katya Kuchin nicht allzu gut. Katya war ein Neuling im Tanzsaal an der Nathan Street.

Lucy Chang war Eurasierin, Tochter eines Bauunternehmers aus Hongkong und einer Portugiesin aus Macao. Von ihrem Vater hatte sie ihre Liebe zum Geld und dem, was man damit kaufen konnte, geerbt; von ihrer Mutter das dichte, glänzende Haar und den cremefarbenen Teint, die schimmernden, dunklen Augen mit den langen Wimpern und den üppigen Leib, der sie zu einer schönen Frau machte. Der orientalische Einschlag machte sich in der Haut und in den leicht schräg geschnittenen ausdrucksvollen Augen bemerkbar. Von beiden Eltern hatte sie die Leidenschaft für die Wonne des Fleisches mitbekommen.

Sie begann mit schwingenden Hüften einen Weg entlangzugehen und hörte dabei ein kurzes Keuchen von dem steinernen Gitter her, wo der alte Ling Pao geduckt stand und auf die runden Pobacken starrte, die bei jedem Schritt bebten. Er rieb sich die runzligen Hände und war innerlich von den Vorstellungen in Anspruch genommen, was er heute nacht mit ihr tun würde.

Lucy dachte an den alten Ling Pao, der ihr eine kleine Extrasumme dafür zukommen lassen würde, daß sie sich vor seinen Augen über den Tontopf kauern würde, bevor sie vor den anderen auftauchte. Lucy Chang kicherte. Männer waren solch lächerliche Geschöpfe! Wenn man sich vorstellte, daß Ling Pao tatsächlich Geld für eine solch natürliche körperliche Verrichtung bezahlte! Ling Pao war so alt, überlegte sie, daß ihm nicht viel anderes übrig blieb, als zuzuschauen. Und die Hongkong-Dollar, die er ihr für dieses Privileg zahlte, wanderten wie alles andere Geld, das sie verdiente, auf die Victoria City Bank, wo sie ihr Privatkonto hatte.

Da war K'ang Hu, nicht so alt wie Ling Pao, der sich für unwiderstehlich hielt, wenn es auf die Liebe ankam. Er war sanft und rücksichtsvoll. Immerhin war er nicht mehr so jung wie früher, es dauerte länger, bis er erregt wurde, und er verbrachte die Zeit damit, seine für die Nacht ausgesuchte Frau zu streicheln, zu küssen und zu liebkosen. Lucy Chang seufzte. Sie hatte nichts gegen K'ang Hu einzuwenden. Er war ein lieber alter Junge.

Es war der jüngere, härtere Tz'u Hsi, der Lucy Chang Angst einjagte. Lucy glaubte jedoch nicht, daß Tz'u Hsi sie diese Nacht für das Wind- und Mondspiel aussuchen würde, da ein neues Mädchen aus dem Goldenen Lion Tanzsaal in dem alten Rolls Royce mitgekommen war, der sie in der Nathan Road abgeholt hatte. Tz'u Hsi wählte unfehlbar das neueste Mädchen.

Sie blieb neben dem Springbrunnen stehen, dessen farbige Fontäne hoch in die Luft sprühte, lauschte auf das Plätschern, bewunderte das Lichterspiel. Eine hohe Steinmauer umgab den Garten, in dem auf der einen Seite die Villa stand, die Tz'u Hsi bewohnte; auf der anderen war ein Sommerhaus in Form einer Pagode aus weißem Marmor mit rotem Ziegeldach. In diesem großen Sommerhaus, das mehrere Räume enthielt, erwarteten die Männer die Mädchen aus dem Tanzsaal.

Die Frühlingsluft war warm und erfüllt von der Musik der Saiteninstrumente, der *pi-pa* und der *yung-kam*. Die Musiker mußten Musik spielen, zu der die Mädchen tanzen konnten, und manchmal dienten sie auch als Akteure, wenn den reichen Kaufleuten danach zumute war, erotische, lebende Bilder zu betrachten. Lucy Chang mochte die Musiker gern, denn sie waren jung und vital, keineswegs so wie die drei reichen Männer.

Schritte hinter ihr veranlaßten sie, sich umzudrehen. Das neue Mädchen kam vom Torbogen her den Weg entlang. Es war eine Mongolin – behauptete es wenigstens – und hatte ein dunkles Gesicht mit schrägen Augen und langem, schwarzem Haar, das über die Schulter herabfiel. In den dunklen Augen funkelte es.

»Zahlen sie gut, diese Männer?« fragte die Mongolin.

»Gute amerikanische Dollar«, erwiderte Lucy Chang.

Katya Kuchin gab einen kleinen Pfiff mit ihren weichen roten Lippen von sich und schlug sich leicht auf den gerundeten Bauch. »Dafür zeige ich auch was her, verlaß dich darauf.«

Lucy Chang sah ihr nach, als sie weiterlief, sah wie ihre Knöchel golden unter dem schwarzen Pyjama-Anzug schimmerten, den sie trug. Katya Kuchin war eine wollüstige Kreatur, sie hatte etwas Elementares an sich wie das Land des Blauen Himmels, aus dem sie kam. Der heiße Wind war in ihrem Blut, die vergorene Stutenmilch – *airag* – mit der ihre Leute sie aufgezogen hatten, hatte ihr das Temperament einer Wildkatze verliehen.

Sie, Lucy Chang, war reservierter, wenn auch ebenso leidenschaftlich. Katya war eine Wilde, sie selbst war eine zivilisierte Frau. Sie fragte sich beiläufig, wie Tz'u Hsi das dunkle Mongolenmädchen gefallen würde.

Der alte Ling Pao wartete im Schatten des Bogengangs der Pagode auf sie, kicherte, nickte mit dem Kopf, seine schrägen Augen funkelten vor Vorfreude. An jeder Seite seines Mundes hing ein langer Mandarin-Schnurrbart bis auf die Brust herab. In Rotchina wäre Ling Pao dieser dekadente Schnurrbart nicht erlaubt worden, aber hier in Hongkong stand es ihm frei, seinen altmodischen Neigungen nachzugehen.

»Es ist schon lange her«, kicherte er, legte eine Hand auf ihren Rücken und ließ sie zu den runden Pobacken hinuntergleiten, die er sachte streichelte.

Lucy Chang legte die Finger unter sein bartloses Kinn und kitzelte ihn mit langen, roten Fingernägeln im Rhythmus zum Geklimper der *pi-pa* und der *yung-sum*. Der alte Ling Pao beugte sich vor, brach in kicherndes Gelächter aus.

Dann hielt sie ihm ihre Handfläche hin, als fordere sie Bezahlung. Ling Pao wischte sich die Augen und nickte. Er fummelte in seinem langen Mandaringewand herum und zog ein paar amerikanische Eindollarnoten heraus. Lucy Chang lächelte und nickte, nahm die Scheine, faltete sie sorgfältig zusammen und steckte sie in die Schultertasche, die sie bei diesen Verabredungen immer bei sich trug.

Sie ging an dem Eingang zu dem Zimmer vorbei, in dem

Tz'u Hsi und K'ang Hu auf dicken Kissen saßen und zusahen, wie ein nacktes Mädchen die verbotenen ›Riten einer Konkubine‹ tanzte. Lucy war überzeugt, daß die beiden Männer das seltsame kleine Spiel kannten, das der alte Ling Pao als Präludium des Abends mit ihr spielte, aber es war ihr völlig gleichgültig.

Sie warf einen Blick auf Katya Kuchin, die mißgestimmt neben einer schlanken Säule stand und auf das chinesische Mädchen starrte, das seinen Tanz absolvierte. Lucy Chang lächelte hinter vorgehaltener Hand. Katya war oft ärgerlich, wenn sie nicht im Mittelpunkt allgemeiner Aufmerksamkeit stand.

Der alte Ling Pao bog vor ihr in einen Waschraum ein. Dort stand ein Bidet, das Tz'u Hsi für eine Französin hatte installieren lassen, die vor ein paar Jahren seine Konkubine gewesen war. Es war ein prachtvolles Ding aus weißem Marmor mit vergoldetem Zubehör, und Lucy Chang verspürte immer leichte Gewissensbisse, wenn sie sich rittlings darübersetzte, während Ling Pao vor ihr kniete.

Sie sah zu, wie er in die Knie sank, die Augen weit aufgerissen und glitzernd. Mit leichtem Lächeln hob Lucy Chang den geschlitzten Rock ihres Cheongsam, dabei die vollen Schenkel und den Unterbauch entblößend. Im Augenblick, als sie über das Bidet glitt, verstummte die Musik.

Sie konnte K'ang Hu ganz deutlich sprechen hören, denn der Waschraum war von dem großen Zimmer drüben nur durch ein steinernes Gitter getrennt.

»Ist alles vorbereitet?«

»So wie es in Peking geplant wurde«, sagte Tz'u Hsi.

»Ahhh! Dann wird der amerikanische Präsident ebenso wie sein Vorgänger durch die Kugel eines Attentäters sterben.«

»Aber es wird auf klügere Weise geschehen, davon bin ich überzeugt. Der Mörder darf nicht erwischt werden. Deshalb habe ich eine solch sorgfältige Wahl getroffen. Drei Männer, die verzweifelt Geld brauchen, jeder von ihnen ein Scharfschütze, jeder ein gedrungener Mörder. Ja, ich glaube, wir werden unsere Sache gut machen.«

»Es ist Zeit, daß Rotchina einen Schlag gegen die Imperialisten landet. Hohe Zeit, hohe Zeit.«

Lucy Chang verschlug es den Atem. Rotchina war im Begriff, durch diese Agenten hier in Hongkong den Präsidenten der Vereinigten Staaten ermorden zu lassen! Lucy Chang hegte keinerlei Zuneigung zu Amerika, obwohl sie ein paar vereinzelte Amerikaner sehr liebte. Und sie wußte, daß Amerika ein sehr reiches Land war. Und irgend jemand in den Vereinigten Staaten mußte es geben, der den Präsidenten gern am Leben erhalten hätte.

»Ahhh, ahhh, ahhh«, keuchte der alte Ling Pao.

Lucy Chang hatte, abgesehen von Ling Pao, keine Erfahrung mit Urolagnie. Sie konnte nicht wissen, daß der alte Mann wie so viele andere, die an Perversität litten, seine Mutter gehaßt hatte und sich für wirkliches oder eingebildetes Unrecht dadurch gerächt hatte, daß er in seiner Kindheit ihre Kleidung beschmutzt hatte. Ebensowenig konnte sie etwas von der deutlichen Neigung zu Masochismus in ihm ahnen, die ihn allen weiblichen Wesen gegenüber, selbst denen, die er für sein Vergnügen bezahlte, zur Unterwürfigkeit zwang.

Sie hätte vielleicht aus seinem Verhalten entnehmen können, daß er sich als unwürdig empfand, mehr zu tun, als sie zu beobachten. Leute, die mit Urolagnie behaftet sind, sind Einzelgänger, schweigsam und voller Minderwertigkeitskomplexe. Zutiefst unsicher, wenden sie diese Methoden an, um der Welt zu zeigen, daß sie selbst nichts zu bedeuten haben, daß man sie ignorieren und in Ruhe lassen soll, daß sie in ihren eigenen Augen als Person nicht einmal genügend wert sind, um bestraft zu werden.

»Ich bin fertig«, flüsterte Lucy Chang dem alten Mann zu.

Er nickte. Seine Augen glitzerten noch immer und ein Speichelrinnsal lief ihm aus dem einen Mundwinkel. Den Cheongsam immer noch über die goldschimmernden Hüften hochgezogen, schob sich Lucy Chang nach vorne vor das Bidet und hielt ihre Hand dem alten Chinesen hin.

Sie half ihm aufstehen wie immer. Er keuchte ein bißchen, seine Wangen waren gerötet, und seine Augen waren glasig vor sinnlichem Vergnügen. Lucy Chang fragte sich, ob er wohl von dem Plan, den amerikanischen Präsidenten umzubringen, wußte.

Ihr Kopf arbeitete fieberhaft, während ihr Gewand über die Hüften und Schenkel hinab auf die hochhackigen Schuhe im Westernstil glitt. Die Amerikaner würden eine Menge Geld bezahlen, vielleicht sogar tausend amerikanische Dollar, wenn ihnen solch ein Coup berichtet würde. Ihre Gier schwappte bei dem Gedanken förmlich über. Sie wäre eine reiche Frau!

Beinahe hätte sie überhört, daß Ling Pao sie beim Namen rief und ihr mit der klauenartigen Hand winkte. Ich muß mich zusammenreißen. Ich darf meine Gefühle nicht verraten, dachte sie schnell. Ich muß mich benehmen, als hätte ich nichts gehört. Sie wußte, daß der alte Ling Pao zu fasziniert von ihrem Anblick gewesen war, um gehört zu haben, was Tz'u Hsi und K'ang Hu zueinander gesagt hatten.

Als sie mit dem Alten das große Zimmer betrat, blickte sie die beiden anderen Männer nicht an. Ihr Gesicht war sanft, ausdruckslos. Das nackte Mädchen wand sich jetzt auf dem Boden und führte das verbotene *shu-yin-chu-yang* vor; seine Schenkel waren weit gespreizt wie die Blütenblätter der Lotosblume, die das Sonnenlicht trinkt; die Hände der Tänzerin verdeckten die Geschlechtsteile, aber berührten und liebkosten sie zugleich.

Lucy Chang wußte genau, daß die Männer eine verlängerte Periode des Vorspiels, des voyeurhaften Vergnügens genossen, bevor sie selbst zum Wind- und Mondspiel übergingen. Diese drei reichen Kaufleute waren keine Ausnahmen. Das Mädchen auf dem Boden, das mit den Pobacken gegen die Dielen schlug, kannte Lucy Chang nur unter dem Namen The Poppy. Sie hatte es bei ihren anderen Besuchen in dieser Villa über Victoria City schon gesehen und wußte, daß es eine Expertin in dieser exhibitionistischen Form des Sinnenkitzels war.

Diese Periode, in der die Augen auf dem nackten, weiblichen Fleisch hafteten, wurde ›das Nippen am duftenden Tee‹ genannt. Die Schenkel zitterten, während sie sich bewegten, die Brüste hüpften und bebten, die Geschlechtsteile waren durch die gespreizten Beine enthüllt – all das war Bestandteil dieses sehr alten Tanzes der Sing-Song Girls.

Das Opium, das Tz'u Hsi anmutig aus einer Keramikpfeife rauchte, steigerte sein Vergnügen noch. Im Orient ist Opium ein anerkanntes Aphrodisiakum, dessen diesbezügliche Qualitäten seit den alten Zeiten bekannt sind, in denen es als Medizin verschrieben wurde. Das Rauchen von Opium ist erst seit dem siebzehnten Jahrhundert gang und gäbe. Durch Opium erwarben ursprünglich die Briten die Insel Hongkong und die Halbinsel Kowloon.

Lucy Chang wußte, daß Tz'u Hsi durch die Opiumdünste und den Anblick von The Poppy mit ihren ›Riten der Konkubine‹ mächtig angeregt wurde. Begierde glitzerte in seinen Augen. Seine Lippen waren halb geöffnet, und er schien sich auf seinen Kissen zu ducken, so als würfe er sich demnächst auf das nackte Mädchen. Neben ihm hockte der fette Kaufmann, K'ang Hu, in einem ähnlichen Stadium der Erregung.

Lucy folgte Ling Pao. Als sich der Alte auf den vielen für ihn vorbereiteten Kissen ausgestreckt hatte, legte sich Lucy über seine Schenkel, so daß ihr Kopf auf der einen und die wohlgeformten Beine auf der anderen Seite herunterhingen. Der Alte begann langsam ihren Körper zu liebkosen, während seine heißen Augen auf die nackte Poppy gerichtet waren.

Lucy Chang konnte den Opiumgeruch riechen, scharf und beißend. Ihre Augen waren halb geschlossen, während sich das Gefühl der Lust in ihrem Körper auszubreiten begann. Die Finger, die in ihre starr gewordenen Perlen kniffen und über ihren Bauch hinab zur Lust glitten, trugen zu ihrer Erregung bei, während sie überlegte, wieviel Geld wohl die reichen Amerikaner zahlen würden, um alles Erforderliche über die drei Mörder zu erfahren.

Wie im Traum sah sie, wie K'ang Hu die schwitzende, erschöpfte Poppy an seine Seite winkte. Das geschmeidige gelbe Mädchen, dessen glänzendes schwarzes Haar bis über den Po herabfiel, erhob sich anmutig und kam auf den fetten Kaufmann zu. Er ließ seine Hand über die Innenseite ihrer Schenkel gleiten, starrte darauf und begann dann die Finger zu krümmen.

»Hai-aaa«, keuchte The Poppy und kroch mit gebeugten Knien näher.

»Haaa-aagh!« echote eine Stimme.

Die Mongolin war auf der Tanzfläche und zog die schwarze Pyjamajacke über die dichte, schwarze Mähne. Ihre nackten Brüste bebten bei der Bewegung, vibrierten, als enthielten sie Sprungfedern. Ihre Knospen waren sehr dunkel, fast schwarz und ragten fast zwei Zentimeter weit über die vollen Halbkugeln hinaus. Katya blieb mit gespreizten Beinen stehen, bewegte sich kaum, aber ihre Brüste hüpften auf Grund reiner Muskelbeherrschung. Schließlich stand sie regungslos da, nur diese festen, großen Brüste tanzten rhythmisch.

Selbst Lucy Chang empfand die urtümliche Anziehungskraft der Mongolin. Es lag etwas Erdhaftes in ihrem Verhalten und in ihrem Körper, das in ihnen allen verborgene Saiten zum Klingen brachte. Nun hob sie die Arme im rechten Winkel zum Körper, und sie begannen zu vibrieren, so daß die billigen Armreifen um ihre Handgelenke leise klingelten.

Langsam, sinnlich begannen ihre Hüften zu rotieren.

Die Pyjamahose glitt hinab, entblößte ihren Nabel. Tz'u Hsi wiegte sich vor und zurück und stöhnte. Lucy Chang wand sich, als sie spürte, wie sich die Finger des alten Mannes zwischen ihren losen Schenkeln weitertasteten. K'ang Hu war hin und her gerissen zwischen der nackten Poppy, die sich wollüstig vor ihm verrenkte, und dem Steptanz, den Katya vorführte.

Die Pyjamahose sank tiefer und enthüllte das dichte, schwarze Vlies auf Katyas Unterbauch. Die meisten chinesischen Callgirls waren sehr eigen mit ihren Körperhaaren, rasierten sich jeden Tag und benutzten Enthaarungscremes. Katya war ein Urwesen. Ihre Schamhaare gehörten zu ihrem Körper, dicht und buschig, wie sie waren.

Die schwarze Seidenhose glitt über ihre Oberschenkel herab. Katya warf den Kopf nach hinten, so daß ihr glänzendes schwarzes Haar über den Rücken fiel. Dann stieß sie aufreizend die Hüften nach vorne in Richtung der Zuschauer. Tz'u Hsi stöhnte lauter, die Opiumpfeife war vergessen.

Nun war die Mongolin nackt, der Pyjama lag wie eine Pfütze zu ihren Füßen. In ihren Westernschuhen wirkte sie noch nackter. Die ganze Zeit über rotierten ihre Hüften, ihr Bauch war vorgeschoben. Sie genoß die Umarmung eines unsichtbaren Liebhabers, das schien sie mit ihrem Körper und den halb verschleierten Augen auszudrücken.

Tz'u Hsi vergaß seine normale Ruhe so weit, daß er aufstand, sich die Lippen leckte und auf diesen Abkömmling eines alten Feindes starrte. Lucy Chang fragte sich, ob er in diesem Mädchen wohl einen weiblichen Dschinghis Khan sah.

»Komm her!« brüllte Tz'u Hsi und wies auf den Boden zu seinen Füßen.

Katya lachte harsch und bewegte sich langsam vorwärts, Schritt um Schritt, und blieb nur gelegentlich stehen, um ihren Leib unter den Umarmungen ihres unsichtbaren Liebhabers in bebende Schwingungen zu versetzen. Sie mußte die Wirkung, die ihr Tanz auf den Mann hatte, von dem sie für eine Nacht angeheuert worden war, bemerkt haben. Er war das Prinzip des *yang* – des Männlichen. Sie war die ewige *yin* – das Weibliche. Alles Leben in China wird geleitet durch *yin* und *yang*. Katya und Tz'u Hsi waren keine Ausnahmen. Alles, woran sie noch denken konnten, war der Partner.

Als sie nur noch Zentimeter von ihm entfernt war, blieb sie stehen. Ihre Schenkel teilten sich. Ihre Hüften bewegten sich wild. Sie nahm ihn da vor allen anderen, obwohl sie einander nicht berührten. Und Tz'u Hsi schluchzte, als wäre er tatsächlich in dieser fleischlichen Falle gefangen.

Lucy Chan schrie leise auf. Der alte Ling Pao hatte seine Finger tief in ihr weiches Fleisch gekrallt.

Als Tz'u Hsi es nicht mehr länger aushalten konnte, trat er vor und öffnete sein gesticktes Mandaringewand. Er zog die Mongolin an sich und seine Stimme zischte wild, als er sie nahm. Die Frau warf ihre Arme um seinen Hals. Sie hob die dunklen Schenkel, um ihn in der Stellung zu umklammern, die als ›der Biß der *K'u-hsien niang*‹, der Göttin fleischlicher Liebe, bekannt ist.

Katya Kuchin festhaltend, ging Tz'u Hsi aus dem Zimmer zu dem kleinen Verschlag seines Liebestempels, wo er und das Mädchen allein waren, um die *fang shu*, die Schlafzimmertechniken zu genießen, in denen jeder von ihnen beiden Meister war.

K'ang Hu hob The Poppy in seinen Armen hoch und trug sie wie ein kleines Kind. K'ang Hu war ein großer Mann, der einmal sehr muskulös gewesen war, jetzt aber zu Fettansatz neigte. The Poppy war so winzig, daß sie keinerlei Last darstellte.

»Jetzt sind wir an der Reihe«, kicherte Ling Pao.

Lucy glitt von seinen Schenkeln und bückte sich, um ihm aufzuhelfen. Der Anblick der tanzenden Katya und Tz'u Hsi's besinnungslose Erregung hatte selbst alles in ihr aufgerührt. Sie wollte, sie wäre von Tz'u Hsi oder K'ang Hu engagiert worden. Sie war in der Stimmung, als Frau genossen und nicht nur von einem Alten besabbert zu werden, um hinterher in dem Wagen, der sie zu ihrer kleinen Wohnung an der Carnarvon Road zurückbrachte, sich selbst überlassen zu bleiben.

Lucy Chang seufzte. Auf ihre Weise war sie so etwas wie eine Philosophin. Für Geld war sie bereit, alles zu tun. Und so wanderte sie, ihr goldenes Seidengewand langsam hochziehend, vor dem kichernden, keuchenden alten Mann her.

Zuerst ließ sie ihn die wohlgeformten Waden sehen, dann die Kniekehlen und schließlich die rundlichen Schenkel. Im letzten Augenblick, kurz bevor sie durch die Tür zu Ling Paos Zimmerchen schlüpfte, hob sie den Cheongsam bis zur Mitte des Rückens hoch und entblößte die weichen Pobakken, die beim Gehen wippten. Long Pao genoß gern mit den Augen. Lucy war sein Liebling, weil sie posierte, wann immer es möglich war.

Lucy Chang kam ein Gedanke. Wenn sie sehr kühn war, konnte sie vielleicht von Ling Pao weitere Details über den Plan, den amerikanischen Präsidenten zu ermorden, erfahren. Sie fürchtete sich ein wenig davor. Sie hatte keine Angst vor dem alten Mann, aber es war bekannt, daß Tz'u Hsi im Verdacht stand, Leute, die zuviel über seine Unternehmungen wußten, umbringen zu lassen.

Sie setzte sich sehr vorsichtig auf den Rand des Tisches, darauf bedacht, die kostbaren blauen Yao-pien Teetassen und die dazu gehörige Kanne mit kochendem Wasser, die zu ihrem Genuß dastanden, nicht in Unordnung zu bringen. Sie schlenkerte die Schuhe von den Füßen, zog die Beine hoch und stemmte die nackten Fersen gegen den Tischrand. Es war eine wollüstige Pose, die der Alte, wie sie wußte, genoß.

Lucy Chang machte einen Schmollmund. Der alte Ling Pao starrte zwischen ihre Beine, dann auf ihr finsteres Gesicht. Er war zwischen dem Wunsch, sich auf sie zu stürzen und ihrer offensichtlichen Mißstimmung hin und her gerissen. Ling Pao gehörte der alten Schule an; alles sollte glatt und friedlich sein wie ein Lilienteich bei Sonnenuntergang.

»Was ärgert dich, mein Liebling?« fragte er leise.

»Ein Amerikaner hat mich heute am frühen Abend beleidigt. Er sagte, ich sei keinen Hongkong-Dollar wert«, log sie.

Der Chinese riß die geschlitzten Augen weit auf. »Das glaube ich nicht. Du bist eine zarte Blume, deren Duft die Männer verrückt macht. Du bist eine Mischung aus Osten und Westen. Du bist vollkommen.«

Lucy Chang lächelte. »Ich liebe dich, mein lieber alter

Mann. Aber ich hasse Amerikaner. Ich wollte, ein schreckliches Unheil würde über sie alle hereinbrechen.«

Ling Pao kicherte und nickte. »Vielleicht wird dein Wunsch früher erfüllt, als du ahnst.«

Er warf ein dickes Kissen neben den Tisch, kniete darauf und legte beide Hände auf die Innenseite der Schenkel des Mädchens. Er beugte sich vor, um sie zu küssen. Lucy Chang keuchte, als sie seine sanfte Liebkosung spürte.

»Du machst mich schwach vor Vergnügen«, hauchte sie.

Ling Pao kicherte. »Du wirst in zwei Wochen oder einem Monat ein noch größeres Vergnügen empfinden. Dann wird ein großes Unheil über Amerika hereinbrechen.«

»Oh? Was für ein Unheil?«

Ling Pao war zu beschäftigt, um zu antworten. Lucy Chang schaukelte leicht, und die Berührung seiner Zunge sandte die Wollust wie mit Speerstößen durch ihren Körper. Nun störte sie es nicht mehr, daß es nicht Tz'u Hsi oder K'ang Hu waren, die dieses Zimmer mit ihr teilten. Der alte Mann war sehr fachkundig in diesem Spiel des ›Feuer über den Berg Tragens‹. Sie wand sich und stöhnte, und nach einer Weile brachte er sie zum Aufschreien.

»Ling Pao, mein Liebster«, hauchte sie schließlich.

»Hmm?«

»Welches Unheil wird den Amerikanern zustoßen?«

Ling Pao kauerte wieder auf seine Fersen zurück, um Atem zu schöpfen. »Drei Mörder werden Hongkong verlassen, jeder davon ein vollendeter Meister in der Kunst des Tötens, und einem von ihnen wird es gelingen, den Präsidenten der Vereinigten Staaten zum Ruhm meines Heimatlandes zu ermorden.«

»Ling Pao, du machst Spaß!«

Er kicherte laut. »Es ist kein Spaß. Ich selbst habe fünfzigtausend Dollar beigesteuert, damit einer dieser Männer bezahlt werden kann. Tz'u Hsi und K'ang Hu haben auf Befehl von Peking hin dieselbe Summe aufgebracht.«

Sie gurgelte vor Lachen und hob den Cheongsam so hoch,

daß nun ihre etwas schweren Brüste – Erbschaft ihrer portugiesischen Mutter – vor dem alten Mann entblößt wurden. Lucy Chang stellte sich auf den Tisch und lachte auf den überraschten Chinesen hinab.

»Ich werde sehr gut zu dir sein, mein Tiger, für das Wunderbare, das du mir angetan hast«, flüsterte sie. »Aber zuerst müssen wir den Saft der Bohea-Blätter trinken.«

Sie kauerte nieder, stellte eine Tasse zwischen die Fersen und goß den Tee ein. Ling Pao entging das Symbolische der Handlung nicht, und er klatschte vor Vergnügen in die Hände. Lucy Chang lächelte ihm mit ihrem großen roten Mund und den weißen Zähnen strahlend zu.

Ohne daß der Alte es sah, ließ sie eine Pille in die Tasse fallen. Sie hatte sie von einem Apotheker bekommen, der sie einmal in der Woche besuchte, jeden Donnerstagabend, wenn seine Frau beim Bingospielen war. Das Mittel konnte einen Nestor in wilde Erregung versetzen, hatte ihr der Apotheker lachend erklärt. Lucy Chang wußte nicht, wer Nestor war, griechische Sagen waren ihr fremd; aber sie hatte daraus geschlossen, daß es sich ebenfalls um einen ziemlich alten Mann handeln mußte.

Sie reichte Ling Pao die Tasse und goß sich selbst Tee ohne das Aphrodisiakum ein. Sie nippten beide, sie lächelten, sie waren sehr höflich. Lucy Chang beobachtete den alten Mann mit einiger Besorgnis. Irgendeine Wirkung mußte doch durch die Pille zu bemerken sein.

»Die Mörder werden bald zuschlagen, hoffe ich?« fragte sie im Plauderton.

»Sehr bald. Sie kommen jetzt aus Rangun, aus San Francisco und aus Macao.«

»Es müssen sehr wichtige Männer sein, wenn sie aus solch großer Entfernung kommen«, murmelte das Mädchen.

»Jeder ist ein Experte in der Kunst des Tötens. Jeder braucht dringend Geld. Jeder wird tun, was von ihm verlangt wird, um solch eine Summe zu verdienen.«

Lucy wand sich wie in wilder Erregung. Sie wußte, daß

Ling Pao den Bewegungen ihres nackten Körpers mit glänzenden Augen folgte. »Ich wünschte, sie wären bereits dabei, diesen Mann umzubringen. Warum müssen wir so lange warten?«

Ling Pao lächelte. »Es braucht ein bißchen Zeit, diese Männer zusammenzubringen. Wir erwarten sie Ende nächster Woche in Hongkong. Dann wird Tz'u Hsi ihnen den Plan erkären. Er ist der Kopf hinter dem ganzen. Ein sehr kluger Mann, Tz'u Hsi, und jung genug, um mit solch einer Sache fertig zu werden. Ich, ich bin zu alt. K'ang Hu ist zu faul, um sich mit Politik zu befassen. Es reicht, daß er Geld beisteuert, so wie ich.«

»Du bist wundervoll«, flüsterte Lucy Chang, glitt vom Tisch und kam auf den alten Mann zu.

Er griff nach ihren schlanken Fingern und ließ sich von ihr hochziehen. In seinen Augen lag ein fragender Blick. Lucy Chang lächelte und löste die Schärpe seines Mandaringewands und zog es über seine knochigen Schultern herab.

Einen Augenblick lang glaubte sie, er würde sich vielleicht weigern, sich ausziehen zu lassen. Aber auf seinem Gesicht dämmerte etwas wie Überraschung auf, entzündete Verwunderung. Lucy strich mit den Fingerspitzen ihrer rechten Hand über seine Lenden. Ihre Augen öffneten sich weit. Die Pille mußte gemahlenes Hirschhorn und arabisches Yohimbin enthalten, um so wirksam zu sein!

Sie trat einen Schritt zurück und starrte auf ihn hinab. »Du bist wirklich wundervoll«, murmelte sie. »Du bist ein junger Mann geworden.«

Er zog sie in seine Arme, küßte ihren weichen Hals und die nackten Schultern. Er war stark für so einen alten Knaben, dachte sie und merkte, daß seine wicdergewonnene Männlichkeit an ihren weichen Schenkeln entlangstrich. Sie mußte mehr von diesen erstaunlichen Pillen von ihrem Apothekerfreund erbetteln, entlehnen oder stehlen. Sie wirkten Wunder.

Nun war der verjüngte Ling Pao an der Reihe, Lucy Chang

zu dem niedrigen Bett in der einen Ecke des Zimmers zu führen. Sie legte sich zurück und öffnete sich ihrem betagten Liebhaber.

Selbst während sie sich dem Spiel des ›Ertrinkens des Jadestocks‹ hingaben, überlegte Lucy Chang, wie sie am besten ins amerikanische Konsulat gelangen konnte. Allzu schwierig konnte es nicht sein. Ganz gewiß konnte ihr einer ihrer amerikanischen Freunde Rat geben.

Morgen früh mußte sie sich als erstes darum kümmern.

1. Kapitel

Der F-111-Kampfbomber senkte sich aus dem Himmel zum Hai Tak Flughafen hinab. Seine beiden Turbofan-Motoren machten einen ohrenbetäubenden Krach. Es handelt sich um eine Kampfmaschine, die nicht gegen den donnernden Lärm ihrer Düsen isoliert ist wie eine Boeing 707. Von meinem Sitz in der Mannschaftskabine aus konnte ich nichts als Wolken sehen. Immerhin verriet mir mein absinkender Magen, daß wir bei der letzten Etappe der Reise angekommen waren, die auf Grund eines Spezialarrangements mit dem Military Air Transport Service – liebevoll als MATS bezeichnet – auf dem Washingtoner National Airport begonnen worden war.

Ich heiße Eve Drum. Ich bin L.U.S.T.-Agentin, was bedeutet, daß ich für die Liga gegen Untergrundspione und Terroristen arbeite. Noch ein paar Stunden zuvor hatte ich friedlich in meiner Wohnung an der Michigan Avenue geschlafen, als das Telefon auf meinem Nachttisch schrillte. Alberne Idiotin, die ich gelegentlich bin, hatte ich mich gemeldet.

»Eve, Honey, auf und stramm gestanden«, begrüßte mich David Anderjanian.

»Oh – nein«, keuchte ich.

David Anderjanian ist der für mich zuständige Beamte bei L.U.S.T. Es ist David, der mir die Aufträge zuteilt, mit denen ich meine Brötchen verdiene. Er ist ein großer, blonder

Mann, einsfünfundneunzig groß und über zwei Zentner schwer, stark wie ein Ochse und gelegentlich liebebedürftig wie ein brünstiger Bulle.

Im Augenblick war er sehr ernst.

»Da existiert ein Plan, den Präsidenten umzubringen, Honey. Sei mal ein gutes Mädchen und zieh dein Bikinihöschen an. Ich werde dir in einer halben Stunde in deiner Wohnung über alles Bescheid sagen.«

»Soll ich mich vielleicht in einer halben Stunde anziehen?« giftete ich.

»Mir ist es völlig egal, ob du angezogen bist oder nicht, aber für Spaß und Spiel ist keine Zeit. Also vergiß, daß ich dich gelegentlich Oh Oh Sex nenne – und pack deinen Koffer und mach dich fertig –«

Ich teilte David mit, was ich von ihm hielt, aber er hatte aufgelegt. Also glitt ich aus dem Bett, gähnte und rieb mir die Augen. Ein Spiegel konnte mir verraten, daß meine Mascara heruntergelaufen war wie die Sintflut, während ich geschlafen hatte wie ein Murmeltier. Ich war in der vergangenen Nacht mit einem alten Freund in Nachtclubs gewesen und jetzt bezahlte ich den Preis dafür.

Ich stolperte unter eine kalte Dusche, tanzte umher, um nicht zu Eis zu gefrieren, wickelte dann meinen Mädchenkörper in einen Frotteemantel und tappte in die Küche. Orangensaft und ein Kaffee mußten genügen.

David drückte auf den Summer, als ich bei meiner zweiten Tasse war. Ich ließ ihn herein und ließ ihm etwas duftenden Kaffee zukommen. Dann lauschte ich dem Märchen von einer Hongkong-Dame namens Lucy Chang, die behauptete, hinter ein Attentatskomplott gegen unseren Präsidenten gekommen zu sein.

»Glaubst du ihr das?« fragte ich erstaunt.

»Wir wissen es nicht. Es ist deine Sache, es herauszufinden.«

»Na fabelhaft. Wie?«

David berührte seine Schläfe, an der sich seine blonden

Locken so verführerisch ringeln. »Durch Grips, Geliebte. Streng deinen Geist und was dir sonst noch einfällt an, um alles herauszubringen.«

Ich streckte ihm die Zunge heraus und schloß den Morgenrock da, wo er Bestandteile meines Fünfundneunzig-Zentimeter-Busens durch Aufklaffen enthüllt hatte. David blickte niedergeschlagen drein, deshalb fühlte ich mich ein bißchen besser.

»Okay, also heraus damit«, sagte ich.

Die Regierung reagiert schnell, wenn was erledigt werden soll. Zwei Stunden, nachdem David meine Wohnung betreten hatte, war ich in einem sirenenheulenden Polizeiwagen unterwegs zum Flughafen, während drei Koffer wechselweise gegen mich stießen und David wie ein Maschinengewehr mit dem jungen Beamten redete, der als unser Chauffeur agierte.

Die Luftwaffe der Vereinigten Staaten hatte einen Kampfbomber – den F-111 – startbereit mit angelassenen Motoren dastehen. Der F-111 kann angeblich mit zweieinhalbfacher Schallgeschwindigkeit fliegen. Er sollte über Hawaii auftanken und sich dann auf den langen, transpazifischen Sprung nach Hongkong aufmachen. Die britischen Behörden wußten von seinem Eintreffen. Sie wollten eigene Leute und den amerikanischen Konsul an den Flughafen schicken. Ich sollte in eine Wohnung an der Carnavon Road gebracht werden. Außerdem wartete eine Aufgabe im Golden Lion Nachtclub auf mich.

»Einer der Killer kommt aus San Francisco nach Hongkong«, erklärte David. »Wahrscheinlich benutzt er eine Düsenmaschine, deshalb wollen wir, daß du ungefähr zur selben Zeit in Hongkong eintriffst wie er. Die F-111 wird das schaffen – hoffentlich.«

Nur die alte kleine Eve Drum und der Pilot waren in der F-111. Behaglich, gemütlich, achtzehntausend Meter hoch mit nahezu dreitausend Kilometer Stundengeschwindigkeit dahinbrüllend. Als ich den Piloten sah, fühlte ich mich ein bißchen wohler. Er war Major, ein von der Sonne bronzebraun gebrannter blonder Junge von Anfang zwanzig, hübsch und sauber in seiner Uniform. Ich gefiel ihm auch. Seine Augen verrieten das, als sie über meine Brust, meine Hüften und meine Beine in den schwarzen Strümpfen glitten.

Mit einem so brandeiligen Job sind auch ein paar Annehmlichkeiten verbunden. David stieß mich praktisch in die Maschine und warf mir eine Kußhand zu. Eine halbe Minute später stoben wir brüllend die Startbahn entlang und hoben uns in die Luft.

Nun lag der Hai Tak-Flughafen unter uns.

Hongkong ist eine Kronkolonie dessen, was einmal das englische Empire war. Jahrhunderte, bevor es anno 1841 urkundlich vom Kaiser von China an Großbritannien übertragen wurde, war es ein Piratenschlupfwinkel gewesen; und selbst als die Briten es erwarben, war es wenig mehr als eine Insel mit einer großen Lagerhalle und einem Warenhaus. In den hundertfünfundzwanzig Jahren, da der Union Jack über Hongkong weht, hat es sich zu einem weltberühmten Einkaufszentrum, einem Freihafen für die großen Ozeanlinien und Kriegsschiffe und einem Touristenparadies entwickelt.

Zu Hongkong wurde die Kowloon Halbinsel hinzugefügt, unmittelbar gegenüber Victoria Harbour und den New Territories, einem Streifen gebirgigen Landes, das in die Südchinesische See hineinragt. Hongkong ist nur rund hundertvierzig Kilometer von Kanton entfernt, das zu Rotchina gehört. Das Ganze ist ein gefährlicher Thron für die Engländer, denn über neunzig Prozent der Bevölkerung sind Chinesen, von denen viele ihre Befehle direkt von Mao Tse-tung erhalten.

In den Läden entlang den Treppen von Victoria City kann der Weltenbummler Messingwaren aus Indien, Bronzen aus Bangkok, Gold, Jade und Brokate aus Burma kaufen. Man kann sich Stoffe auf einem Sampan im Hafen aussuchen und sie von einem der vielen Schneider in dieser großen Handelsstadt zu Anzügen oder Kleidern verarbeiten lassen. Man kann in der Repulse Bay schwimmen, wo der Sand weiß und fein ist, oder mit der Siebten Flotte im Ambassador Hotel Cocktails trinken.

Eigentlich hatte ich gehofft, ein bißchen einkaufen gehen oder einen bis drei Martinis schlürfen zu können, aber wir Geheimagenten haben ja kein Privatleben.

Die F-111 hatte kaum mit den Reifen des Fahrgestells die Rollbahn berührt, als ich auch schon in eine große Limousine verfrachtet und zu einer Autofähre gebracht wurde. Quer durch den Hafen ging es und anschließend zu einer Wohnung in der Carnavon Street, wo der Konsul klingelte.

Die Tür öffnete sich fast sofort.

Ich sah ein Gesicht mit cremigem Teint, umrahmt von dichtem, schwarzem Haar, große, nußbraune Augen und einen Mund von der Farbe einer tiefroten Rose. Der Mund lächelte. Die Gestalt in dem schwarzen Cheongsam wich zurück und ich trat ein.

»Das ist Lucy Chang«, erklärte der Konsul. »Sie war diejenige, die mit der Geschichte über das geplante Attentat zu mir kam.«

»Ist wahr«, sagte Lucy Chang in ihrem besten Amerikanisch.

Ich blickte ihr in die großen Augen mit den langen, schwarzen Wimpern und wußte, daß die Sache stimmte. Ich ließ mich auf einen Stuhl plumpsen und schlug meine Beine übereinander. Lucy starrte auf die lange Strecke Oberschenkel, die mein Minirock freiließ. Dann hob sie den Blick und lächelte mich bedächtig an.

»Ich finde Sie Job«, murmelte sie. »Tanzen, vielleicht, singen ein bißchen in Tanzsaal-Club.«

Der Konsul übersetzte. Sie meint den Nachtclub, der zum Golden Lion Tanzsaal an der Nathan Road gehört. Die Mädchen lernen dort, wo es sehr zivil zugeht, Männer kennen und überreden sie dann, mit ihnen auf einen Drink in den Nachtclub überzusiedeln – wo dann fast alles möglich ist.«

»Die fernöstliche Version des B-Girls.« Ich nickte.

Der Konsul lächelte. »Der Mann, der hinter dem Komplott

steckt, ist Tz'u Hsi, ein reicher Tee- und, soweit ich weiß, auch Opiumhändler, obwohl diese letztere Tätigkeit leicht rötlich eingefärbt ist. Er engagiert jede Woche Mädchen, die in seine Villa kommen.« Der Konsul räusperte sich. »Dort finden dann so etwas wie Orgien statt, wenn ich die junge Dame richtig verstanden habe.«

Lucy Chang nickte beglückt. »Orgie, ja. Spaß – Sie wissen?«

»Ich weiß es, Honey«, sagte ich.

»Tz'u Hsi mögen neue Mädchen.« Sie lächelte.

Das bezog sich auf mich. Eve Drum. Na schön. Ich bin daran gewöhnt, jede Sorte Opfer für mein Land zu bringen. Außerdem können Orgien Spaß machen. Ich nickte Lucy Chang zu und fragte: »Wie soll ich tanzen? Mit Singen ist es bei mir nicht weit her, aber ich bin gut gewachsen.«

Lucy Chang begriff nicht. Ihre Augen blickten verdutzt drein. Ich stand auf. »Tanzen, Honey.« Ich warf meine Hüften nach links und rechts und ließ meine Brüste unter dem wie ein Chorhemd geschnittenen Oberteil meines Aqua Cotton Kleides wackeln. Lucy Chang starrte mich an und klatschte dann in die Hände. Der Konsul war bemüht, nicht allzu genau auf meine weiblichen Attribute zu blicken.

»Ja, ja. Das tun. Großer Hit.«

Ich versuchte mich an einem Choral aus der Winchester Kathedrale. Lucy Chang senkte den Kopf, um ihr Lächeln zu verbergen. Ihre Stimme klang gedämpft, als sie sagte: »Nicht singen, nur den Tanz.«

Der Konsul stand auf und verbeugte sich leicht vor mir. »Der Boy wird Ihr Gepäck bringen. Sie bleiben hier. Sie sind eine neue Freundin von Lucy Chang, deren Appartement weiter unten am Flur liegt. Lucy hat Ihnen den Job im Golden Lion Nachtclub verschafft.

»Wir werden uns vertragen«, sagte ich und nickte.

»Ich spreche Englisch gut«, fiel Lucy ein. »Meine Mutter Portugiesin. Sie mich lehren. Wir wissen, wie reden.«

Sobald der Konsul gegangen war, begannen wir zu reden.

Es war ein Mischmasch aus ein bißchen Englisch, einer Spur Französisch und ein paar chinesischen Worten, die ich nicht kannte. Wenn ich ihr meine Absichten klarmachen wollte, agierte ich wie eine Schmierenkomödiantin.

Meine erste Aufgabe bestand darin, Tz'u Hsi dazu zu bringen, meiner überhaupt gewahr zu werden. Wenn das geschehen war, so konnte ich einigermaßen zuversichtlich sein, eine Einladung für seine Orgien zu erhalten. Lucy Chang versicherte mir so gut sie es vermochte, daß die drei Attentäter sich verborgen halten würden, um jede Publicity zu vermeiden. Meine Sache war es, sie ausfindig zu machen. Vielleicht würden sie sogar bei der Orgie sein, fügte sie hoffnungsvoll hinzu.

Auf meiner Armbanduhr war es kurz vor fünf Uhr nachmittags. Der Nachtclub mußte gegen sieben Uhr öffnen. Ich wollte um zehn Uhr auftauchen, wir hatten also eine Menge Zeit, die Details auszuarbeiten.

Lucy Chang kochte Schweinefleisch und Reis und es gab ein bißchen Reiswein, um das ganze hinunterzuspülen. Sie warnte mich wegen des Weines, bedeckte meine Porzellantasse mit der Hand und schüttelte den Kopf.

»Nicht trinken viel. Macht schwindlig.«

Im allgemeinen vertrage ich, was Alkohol betrifft, einen ganzen Stiefel, aber in Sachen Reiswein war ich eine Fremde, also ließ ich mich beraten. Kurz nach acht begann ich mich für den Abend anzuziehen. Lucy Chang war eine faszinierte Zuschauerin.

Zuerst zog ich ein winziges schwarzes Bikinispitzenhöschen an und legte ein spinnwebenartiges Nichts mit D-Cups über meine Fünfundneunzig-Zentimeter-Zwillinge. Der Spiegel verriet mir, daß jeder meine dunklen Knospen ganz deutlich durch den schwarzen Nebelschleier sehen konnte. Als nächstes ein schwarzer Spitzenstrumpfgürtel und schwarze Nylons und zuletzt ein Goldlamé-Abendkleid, das hinten bis beinahe zu den Pobacken hinunter ausgeschnitten war.

Mein Haar war in griechische Locken frisiert und lange Ohrringe hingen von meinen Ohrläppchen herab. Dann streifte ich zwei Armreifen über meine Handgelenke, glitt in Schuhe mit hohen Absätzen und war fertig.

Lucy sah zweifelnd drein. »Ist kein Kostüm«, protestierte sie.

»Honey, wenn Sie mich in Aktion sehen, dann werden Sie wissen, daß ich meine Arbeitskleidung anhabe – und zwar was für welche«, fügte ich hinzu und drehte mich vor dem Spiegel.

Lucy seufzte, zuckte die Schultern und äußerte etwas auf chinesisch. Dann stand sie auf und hob ihren Cheongsam. Abgesehen von den Alligator Pumps an ihren goldenen Füßen war sie nackt. Und wie nackt. Die einzigen Haare, die sie an sich trug, waren die schwarzen Strähnen, die ihr Gesicht umrahmten.

Sie sah meine Blicke und posierte. »Schön?« kicherte sie.

Ich gab ihr einen Klaps auf das weiche Hinterteil. Gelegentlich bin ich auch darauf ansprechbar, aber es gab Arbeit zu tun. Ich setzte mich auf den Rand des riesigen Bettes und sah zu, wie sie ihr Gesicht zurechtmachte, sie trug Henna auf ihre Perlen auf und bestrich sich mit dem in Rot getauchten Finger leicht dort, wo eine scharlachrote Farbe sensationell wirken mußte.

Sie kicherte, als sie meinen Blick sah. »Männer werden verrückt mit so was«, ließ sie mich wissen, was immer die tiefere Bedeutung dieser Worte war. Vielleicht verstand ich sie auch falsch.

Dann stand sie auf, reckte den glatten, perlweißen Körper und schlüpfte in einen roten Cheongsam. Der Cheongsam ist ein östliches Gewand, das, von jemand wie Lucy Chang getragen, schon an sich als Verführung wirkt. Die Schlitze an der Seite entblößten ihre wohlgeformten Beine bis zu den Hüften hinauf, und wenn Sie den Anblick solcher Schenkel und Waden nicht als verführerisch empfinden – Mann, dann sind Sie so gut wie tot.

Der Cheongsam besteht aus dünnem Leinen. Der Bauch preßt sich dagegen und die Pobacken zeichnen sich ganz deutlich hinten ab. Und vorne, mit ehrlich und aufrichtig hervorstehenden Knospen, waren diese beiden Zwillingsmonde, die verführerisch in die Planetenbahn eintraten, wenn Lucy Chang ging. Sie ergriff eine Schultertasche, ich nahm meine Abendtasche aus Goldnetz und auf ging's an die Arbeit.

Ich hatte vor, mich in diesem Nachtclub Hongkong auf die sensationellste Weise zu präsentieren, die mir zu Gebot stand. Schließlich sollte Tz'u Hsi wissen, daß ich in der Stadt war. Ich betrat das Lokal wie irgendeine amerikanische Touristin. Ich bestellte einen Drink und dann noch einen, bis ich einigermaßen beschwipst zu sein schien. Und dann begann meine Vorführung.

Als die Stripteasetänzerin namens ›Glückliche Pfirsichblüte‹ ihre Kleidungsstücke abgeworfen hatte, machte ich ein paar abfällige Bemerkungen. Ich stand auf und schob ein Schulterband meines Goldlamékleides hinunter. Ein paar Zuschauer applaudierten. Die Glückliche Pfirsichblüte tat so, als sei sie zornig auf mich, aber sie war im Bilde. Außerdem war ihr eigener Auftritt fast zu Ende.

Als die Chinesin von dem Teil des Raums verschwunden war, der als Bühne diente, wankte ich auch dorthin und zog dabei meinen Rock in die Höhe. Ich zog ihn bis zur Mitte meiner Schenkel hoch und brachte die schwarzen Nylons und eine Portion süßen Schenkelfleisches zu gehöriger Geltung, bevor die Zuschauer begriffen, daß etwas Besonderes vorging. Dann fingen die Pfiffe und das Getrampel an.

Ich ging ein paarmal um die ›Bühne‹ herum. Meine Beine sind verdammt gut, genau wie der Rest meiner 95-55-88-Figur. Mit den dunklen Strümpfen und den sichtbaren Strapsen, deren Metallklipse unter der Deckenbeleuchtung glitzerten, war ich nichts weiter als eine hübsche Amerikanerin, die einen über den Durst getrunken hatte. Außerdem hatte sich wieder eines meiner Schulterbänder gelockert.

Es ist was Komisches um den Voyeurismus. Jeder sieht

gern die Nacktheit des anderen Geschlechts, gelegentlich vielleicht sogar die des eigenen, zumindest so mal auf die Schnelle. Dieselben Beine, die pudelnackt an einem Badestrand besichtigt werden können, wirken unter einem hochgehobenen Rock aufreizend – wegen des unziemlichen Aspekts der Situation. Etwas, das normalerweise verborgen ist, wird enthüllt. Möglicherweise handelt es sich nur um menschliche Neugierde, aber es ist jedenfalls so.

In den Psychologiebüchern wird behauptet, das alles sei völlig normal. Schwierig wird es erst, wenn der überzeugte Voyeur – der nur einen Anreiz empfindet, wenn er etwas sieht – lieber zusieht als handelt. Es ist eine unreife Form der Befriedigung für Leute, die in ihren Beziehungen zum anderen Geschlecht unsicher sind. Die Bezeichnung ›Peeping Tom‹ geht auf den Tom zurück, der einen verbotenen Blick auf Lady Godiva warf, als sie, nur in ihr langes Haar gehüllt, auf einem weißen Zelter durch die Straßen von Coventry in England ritt.

Der ›Peeping Tom‹, der Voyeur, huldigt einer Abnormität namens Skoptophilie – oder der Mixoskopie, sofern er scharf darauf ist, Paare beim Beischlaf zu beobachten. Fast immer findet dabei ein Eingriff in die Intimsphäre statt, und das ist der Grund, weshalb gesetzlich gegen diese Leute eingeschritten wird.

Vermutlich glaubten meine Zuschauer, sie drängen tatsächlich in meine Intimsphäre ein, denn mein Rock war jetzt über mein Hinterteil hochgezogen; und so gut mein Mädchenpopo allen Blicken preisgegeben war, so sehr traf das auf meinen mons veneris zu. In den Augen meines Publikums war ich keine Schauspielerin. Man war überzeugt, man sähe das, was sonst nur mein Ehemann oder mein Liebhaber zu Gesicht bekäme.

Der Gedanke brachte sie zur Raserei.

Ich stolzierte ein halbes Dutzendmal rund um die Bühne, um jedermann die Gelegenheit zu verschaffen, mich genau zu betrachten. Dann zog ich das Goldlamékleid noch höher, direkt unter meine hervorspringenden Brüste. Pfiffe schrillten, Stimmen brüllten.

Jemand aus Brooklyn schrie: »Ausziehen, ausziehen!«

Ich zog es aus. Ich stand da, schwankte ein bißchen und täuschte Betrunkenheit vor. Meine im Rhythmus zu meinen Bewegungen wippenden Brüste waren durch feine schwarze Gaze geschützt, aber auch der letzte Spätzünder kannte jetzt die Form meiner großen, kessen Knospen.

Ich griff hinter mich wie eine Stripperin und fummelte am Verschluß des BH herum. Pfeifen, Gebrüll. Ich senkte die Schultern nach vorne, so daß meine Schätze herunterhingen und begann lässig die Haken zu lösen.

Der BH wurde beiseite gerissen. Ich richtete mich auf und ließ meinen Zuschauern keinen Zweifel mehr darüber, was ich zu bieten hatte.

»Gefällt's euch?« schrie ich den amerikanischen und englischen Touristen zu. »Likee?« fragte ich die auf Vergnügen bedachten chinesischen und japanischen Geschäftsleute im besten Pidgin.

Sie erklärten mir mit donnerndem Gebrüll und einem Händeklatschen, das die Trommelfelle erschütterte, es gefiele ihnen. Den Büstenhalter zwischen den Fingern hin und her schwingend, schlenderte ich in einem weiten Kreis umher, geschickt den Händen ausweichend, die nach verschiedenen Teilen meiner Anatomie griffen. Ich lachte über die verbalen Ausfälle, über die diversen Aufforderungen. Manchmal blieb ich dicht vor einem Mann stehen und prunkte unter seiner Nase mit meinen Schönheiten.

Vermutlich steckt in jeder Frau etwas von einer Exhibitionistin. Wir lassen uns gern bewundern, und wir ziehen uns an, um unsere Pluspunkte zur Geltung zu bringen. Meine Pluspunkte reichten von meinen hohen Absätzen bis zu den griechischen Locken meines hellblond gefärbten Haars. Ich war genau richtig angezogen, um alles zur Geltung zu bringen – mit Strumpfhalter und Nylons.

Ich ließ sie mich anstarren, ich ließ sie sabbern.

Von mir aus hätte ich die ganze Nacht weitergemacht, unter all dem dröhnenden Applaus. Welches Mädchen hätte etwas dagegen gehabt, bei einer solchen Gelegenheit? Aber alle guten Dinge müssen ein Ende nehmen.

Der Manager kam mit einem Mantel herausgerannt, den er über meine Schulter zu legen versuchte, um meine Nacktheit zu verhüllen. Er versuchte ärgerlich dreinzublicken, aber er strahlte wie ein Maikäfer. Er flüsterte mir in Chinesisch und Pidginenglisch Komplimente ins Ohr, die – wenn ich recht verstand – beinhalteten, daß ich das Grandioseste an Frau seit Mata Hari sei.

Das Problem war nur, daß das Publikum mich und nicht ihn haben wollte.

Zwei große Dänen strebten der Bühne zu, die Fäuste geballt, so daß sie wie Vorschlaghämmer aussahen. Ich stellte mich zwischen sie und den schwitzenden, plötzlich verängstigten Manager und bat die beiden, keine Schwierigkeiten zu machen.

Ihre Ohren hörten zu, aber der Rest ihrer Sinne war auf das konzentriert, was ihre Augen sahen. Nämlich mich, ein Mädchen, so gut wie nackt. Als sie innehielten, um meine Aktivposten zu betrachten, ließ ich den Manager den Mantel um mich legen.

Wir rannten weg.

In der Sicherheit seines Büros sank der Manager in einen Sessel und wischte sich das nasse Gesicht mit einem Taschentuch. Seine Hände zitterten, und er konnte kaum reden. Vermutlich wußte er, wie unberechenbar und gewalttätig ein Mob sein kann, und das Publikum draußen war eine kleine Weile lang wirklich ein Mob gewesen.

»Das nicht tun jede Nacht«, sagte er mit erstickter Stimme.

Seine Habgier und seine Angst lieferten sich vor meinen Augen einen heftigen Kampf. Er wußte, daß er da eine todsichere Attraktion vor sich hatte, die Gäste anziehen würde, bis er seinen Nachtclub vergrößern mußte. Andererseits –

und das konnte ich ihm nicht verdenken – wollte er nicht Nacht für Nacht eine aufgebrachte Menschenmenge vor sich sehen.

»Das ist vielleicht nicht nötig«, sagte ich vergnügt, »wenn ich die Einladung erhalte, die ich brauche.«

Diese Einladung erfolgte erst fünf Tage später. Erstens deshalb, weil jedermann mich wirklich für eine amerikanische Touristin hielt, die zuviel getrunken hatte. Dann kam allmählich die Vorstellung auf, ich sei vielleicht eine Unruhestifterin, ein überzeugtes kapitalistisches Playgirl.

Erst als mich der Nachtclub als ›Tourist Striptease‹ anpries, begann man zu begreifen. Das war die Nacht, in der Tz'u Hsi seine Jungens zu mir schickte, die mir ein Dutzend langstieliger Rosen und als eine Art Anreiz eine mit Diamanten besetzte Armbanduhr überreichten.

Ich akzeptierte die Einladung mit Vergnügen.

Meine einzige Bedingung war, daß Lucy Chang als eine Art Dolmetscherin mitkommen sollte. Die Jungens, unergründliche Brocken strammer fernöstlicher Männlichkeit, hielten das für okay. Lucy Chang war ihnen nicht fremd.

Der altertümliche Rolls Royce fuhr zwei Minuten vor Mitternacht vor dem Nachtclub vor. Eine halbe Stunde später hielt er vor der großen Villa in dem Teil des eleganten Hongkong, der unter dem Namen ›The Peak‹ bekannt ist. Der Mond hing als großer, gelber Ball in einem schwülen, schwarzblauen Himmel und die Nacht war von frühsommerlicher Wärme. Die halbmondförmigen Brücken und Lilienteiche, die erleuchteten Laternen und die durch die Nacht ertönende Musik hatten etwas Magisches.

Lucy Chang preßte sich eng an mich, als wir einen Kiesweg zwischen Blumenbeeten entlanggingen. Irgendwo hinter der hohen Steinmauer der Villa sang eine Nachtigall. Ich trug mein goldenes Lamékleid, Lucy einen ihrer vielen Cheongsams.

»Ich bin Angst«, hauchte sie in ihrem unnachahmlichen Englisch.

Ich wußte, was sie meinte. Wenn Tz'u Hsi klar wurde, daß sie ihn sozusagen ans Messer lieferte, so würde er nicht ruhen und rasten, bis sie auf qualvolle Weise ums Leben gekommen war. Ich tätschelte ihre Hand.

»Dafür werden Sie fünfzigtausend amerikanische Dollar bekommen«, versicherte ich ihr. »Also praktisch drei Millionen Hongkong-Dollar.«

Sie verstand, was ich sagte und zitterte vor etwas, das Ekstase sehr nahe kam. Mehr noch, sie würde Asyl in den Vereinigten Staaten bekommen, wo ihr neu erworbener Reichtum sie zu einer guten Partie machen würde. Falls sie so lang lebte – woran sie meiner Ansicht nach bestimmt dachte.

Ein hübsches Hausmädchen in raschelndem Brokat empfing uns am Gartentor, forderte uns mit einer Verbeugung auf, einzutreten. Ich überließ Lucy Chang nun die Initiative. Sie war oft hier gewesen und kannte sich aus.

Das Sommerhaus, in dem Tz'u Hsi seine Gäste empfing, war aus Marmor und roten Ziegeln gebaut. In überall verteilten kleinen Nischen an den Wänden wuchsen Zwergweiden. Es war die vollkommene Umgebung für die Schönheiten, die Tz'u Hsi aus den Nachtclubs von Hongkong anheuerte.

Tz'u Hsi empfing uns an der Tür, eine große Ehre, wie mir später gesagt wurde. Er war nicht groß, aber auch nicht klein. Sein Gesicht war hart, wie aus gelber Jade geschnitzt, und sein Haar glänzend schwarz. Seine Augen glitten einmal rasch über mich und ich wußte, daß er mit seiner letzten Erwerbung zufrieden war.

»Ich habe von Ihrer überaus ungewöhnlichen Darbietung gehört«, murmelte er in tadellosem Englisch. »Wenn ich mit den Leuten in der Stadt unten verkehren würde, wäre ich gekommen, um Sie mir anzusehen.«

»Statt dessen kommt die Darbietung zu Ihnen«, sagte ich lächelnd in der Überlegung, daß mich Schmeichelei keinen roten Heller kostete.

Er verbeugte sich und winkte mit der Hand. »Bitte, seien Sie Gast in meiner bescheidenen Bleibe«, murmelte er und warf einen Blick auf Lucy Chang.

Ich legte meinen Arm um das Mädchen und merkte, daß sie zitterte. Ich ließ lächelnd meine Grübchen spielen und sagte: »Ich habe Lucy mitgebracht, denn ich habe mir eine neue Nummer ausgedacht – eine Vorführung, die ich nach Lage der Dinge nicht im Golden Lion bringen könnte, von der ich aber überzeugt bin, daß sie Ihnen gefallen wird.«

»Ah«, murmelte er und etwas von der Härte wich aus seinem Gesicht.

Ich beschloß, im Umgang mit Tz'u Hsi vorsichtig zu sein. Er verfügte über die verschlungene, östliche Denkweise, die Probleme von Gesichtswinkeln angeht, die unserem westlichen Gehirn fremd sind. Wenn er Mißtrauen gegen Lucy Chang hegte, dann mußte auf mich dasselbe zutreffen. Wenn er in Diensten Rotchinas stand, würde er keinerlei Risiken auf sich nehmen. Er würde erbarmungslos töten und sich später den Kopf über mögliche Folgen zerbrechen.

Als wir saßen, klatschte Tz'u Hsi in die Hände.

»Zuerst werden wir Tee trinken. Tee ist das Getränk der Götter. Er entspannt, beruhigt Emotionen, bereitet auf das Vergnügen vor.«

Tee konnte ebensogut eine Wahrheitsdroge, Gift oder vielleicht ein Aphrodisiakum enthalten. Letzteres störte mich nicht weiter, aber die beiden anderen Möglichkeiten schon. Ich fragte mich, wie ich mich der Sache entziehen konnte.

Zwei Mädchen kamen herein. Die eine trug eine Porzellankanne mit kochendem Wasser, die andere Teetassen aus durchsichtigem Tsching-hoa-yao mit einer kleinen Dose mit duftenden Teeblättern.

Tz'u Hsi sagte: »Vor viertausend Jahren hat der sagenhafte Chin Nung, damaliger Kaiser von China, den ersten Teestrauch gepflanzt und das erste Getränk aus seinen Blättern gemacht. Ihm verdanken wir unser derzeitiges Vergnügen, diese Flüssigkeit zu schlürfen, die früher bei den ersten

Europäern, die sie einführten, als ›chaw‹ bezeichnet wurde, eine offensichtliche Verballhornung des chinesischen Wortes *tcha*, aus dem sich Ihr modernes Wort ›Tee‹ ableitet.«

Während er sprach, goß er die bernsteinfarbene Flüssigkeit ein. Ich wußte, daß sich die Wahrheitsdroge ebensogut im kochenden Wasser befinden konnte, aber ich sah keine Möglichkeit, mich dem allem zu entziehen, es sei denn –

Ich saß mit gekreuzten Beinen auf einem großen, dicken Kissen. Tz'u Hsi saß mir direkt gegenüber. Ich zog mein Goldlamékleid über die Schenkel hoch, als wäre es zu eng. Tz'u Hsi konnte entlang der blassen Innenseite meiner Schenkel bis tief unter den Rock sehen.

Unter meinem Kleid trug ich Strümpfe und einen Strumpfgürtel.

Tz'u Hsi zitterte und seine Hand bebte. Er verschüttete infolge seiner abgelenkten Aufmerksamkeit den Tee. Dafür konnte er mich kaum verantwortlich machen. Er war derjenige, der den Bohea verschüttet hatte.

Sein Gesicht drückte flüchtig Ärger über sich selbst aus. Ich lächelte, beugte mich vor und legte eine Hand auf sein Handgelenk. »Wir brauchen wirklich kein Stimulans, wissen Sie. Wenn Sie trinken wollen, während Sie zusehen, nur zu.«

Nun konnte er kaum darauf beharren, daß wir trinken sollten, ohne Verdacht zu erregen.

Ich streckte Lucy Chang meine Hand hin. Sie stand auf und zog mich ebenfalls hoch. Ihr Gesicht war ausdruckslos. Nichts verriet, daß sie nicht die leiseste Idee hatte, welcher Art unsere Darbietung sein sollte. Ehrlich gesagt, ich war mir darüber selbst keineswegs im klaren.

Ich wandte ihr den Rücken zu, um ihr die Initiative zu überlassen. Ich spürte, wie ihre Finger wie Federn über meine Schultern und mein Rückgrat entlangglitten. Das Goldlamékleid war, wie gesagt, sehr tief ausgeschnitten und so trafen ihre roten Fingernägel bei ihren Liebkosungen auf keinerlei Hindernis, bis sie sich nur noch Zentimeter über meinen verhüllten Pobacken befanden.

Tz'u Hsi hatte seinen Tee vergessen. Er starrte mit aufgerissenen Augen auf meinen nackten Rücken und auf das, was Lucy Chang tat.

In aller Bescheidenheit kann ich behaupten, daß dieser Agent Rotchinas niemals ein blondes Mädchen wie mich zu Gast in seinem Sommerhaus gehabt hatte. Ich trug ein Abendkleid, so wie es jede amerikanische Touristin in Hongkong in der Öffentlichkeit getragen haben würde. Es war nicht eben das, was eine Stripteasetänzerin speziell kaufen würde, sondern etwas, was in den Läden an der Queens Row zu erwerben war.

Tz'u Hsi unterlag demselben Reiz, den das Nachtclubpublikum empfunden hatte, als ich mich vor ihm auszog. Ich hätte die Frau oder Tochter einer seiner amerikanischen oder britischen Freunde sein können. In seinen Augen war ich kein Mädchen mehr, das er für eine Nacht engagiert hatte.

Die zarten Fingerspitzen schoben sich unter den Goldlamé und glitten sachte über meine eine Podexbacke. Lucy Chang genoß es. Ihr Atem wurde schneller. Ich spürte, wie sich die Finger in Krallen verwandelten und sich kurz in mein Popochen verkrampften. Mit Händen verriet mir Lucy, daß ihr das, was sie tat, Spaß machte.

Sie drehte mich zu sich herum und legte ihren roten Mund auf meine Kehle, während ihre Finger über meine Schultern wanderten und die Bänder des Kleides herunterstreiften. Der Goldlamé sank tiefer, bis meine Hüften ihn aufhielten. Mit einem kleinen Schrei beugte sich Lucy Chang vor und ließ ihre Hände unter meine Brüste gleiten, um sie dann mit gespreizten Fingern zu bedecken.

Tz'u Hsi sagte mit rascher Stimme: »*Ho t'sai!*«

Ich nahm es als Zeichen seiner Anerkennung und warf ihm einen Blick zu. Er war halb von seinen Kissen aufgesprungen und fuhr sich mit der Zunge über die Lippen. Ich zitterte selbst ein bißchen, denn dieses Mädchen Lucy Chang hatte mit Elektrizität geladene Finger. Meine Knospen gehorchten ihren Kommandos, als wären sie kleine, braune in Habtachtstellung dastehende Soldaten.

Ich lächelte dem Mann zu. »Geh weg«, sagte ich.

Sein Unterkiefer sank vor Überraschung herab.

2. Kapitel

Wenn Tz'u Hsi einen Verdacht gegen mich gehegt hatte, so verschwand er in diesem Augenblick. Er blieb wie erstarrt stehen und starrte mich völlig ungläubig an. Ich sah, wie sich seine blassen Wangen vor Wut röteten, als er den Mund öffnete, um uns aus dem Sommerhaus zu weisen.

Ich wählte diesen Augenblick, um mich von Lucy Chang zu lösen, so daß Tz'u Hsi meine harten, nackt über den verschobenen Büstenhalter stehenden Brüste sehen konnte, die Lucy aus ihm befreit hatte.

»*Tsai, tsai*«, rief er und starrte mich an. »Deine Brüste sind Kuppeln aus Ting-yao, dem reinsten aller weißen Porzellane, gekrönt von Tsi-hong-khi als Spitzen – rotgefärbtes Porzellan von der Farbe eines Abendhimmels!«

»Rede weiter«, flüsterte ich und schwenkte die Porzellanhügel, die er so sehr bewunderte. Ich schob die Handflächen unter sie und hob sie zu seinem geröteten Gesicht.

»Deine Schultern sind rund und glatt wie die Seiten der Glocke von Yong-Lo. Dein Gesicht ist noch lieblicher als das der legendären Yang Kuei-fei!«

Ich wußte, wer Yang Kuei-fei war – die schönste Frau, die China je hervorgebracht hat. Diese Konkubine des Kaisers Ming Huang war so schön, daß der Poet Li Po Gedichte über sie geschrieben hat.

Ich streckte die Arme aus, ergriff Lucy Chang und zog sie wie zum Schutz vor meine Brüste. Über ihre Schulter weg betrachtete ich ihn mit verschmitzten Augen.

»Die Männer haben Yang Kuei-fei angebetet«, flüsterte ich.

»Genau wie ich das tun werde!«

»Du mußt mich teilen – mit Lucy Chang.«

Seine Augen glitten über die Eurasierin. Meine Finger glitten über ihren seidenen Bauch, ihre Lenden, hinauf zu ihren steinharten Brüsten, während ich mit Tz'u Hsi redete. Ich spürte, wie sich ihr weicher Popo gegen mich preßte, während sie sich unter meiner Berührung wand.

Er leckte sich die Lippen. »Eine *ménage à trois*?«

»Eine *séance à trois*«, berichtete ich.

Die *ménage à trois* ist die Bezeichnung für ein mehr oder weniger permanentes Argument des Zusammenlebens zwischen drei Leuten, zwei Frauen und einem Mann oder zwei Männern und einer Frau. Es ist sozusagen die Darstellung der ewigen Dreisamkeit – Mann, Frau, Kind – in welcher das Bedürfnis des Kindes, die Liebe seiner Eltern zu teilen, in einer Erwachsenenform ihren Ausdruck findet. Es handelt sich hier angeblich um die älteste aller sexuellen Praktiken, und sie stammt möglicherweise aus Zeiten, in denen es nicht genügend Frauen – oder Männer – gab und deshalb der Fortbestand der Rasse durch gemeinsamen Besitz der einen oder des anderen gesichert wurde.

So etwas ist heutzutage in Großbritannien und in Frankreich ganz üblich geworden. Die Wohnungsnot in diesen Ländern hat möglicherweise diese Praktiken gefördert, ebenso wie die Neigung zu Voyeurismus bei dem einen oder anderen Mitglied dieser Dreiecksbeziehungen. Wo die Frauen in der Überzahl sind, ist das ein äußerst vernünftiges Arrangement, und umgekehrt. Die Sitte, so habe ich gehört, breitet sich auch in den Vereinigten Staaten aus.

Die alten Ägypter symbolisierten die ewige Dreisamkeit in den Pyramiden. Die Griechen und Römer glaubten, daß die Erde von Zeus-Jupiter, Poseidon-Neptun und Hades-Pluto regiert werde. Die Nummer drei kommt in so vielen Sagen vor, daß sie Bestandteil der Weltfolklore geworden ist. Da gab es die Drei Alten Frauen des Meeres, Enyo, Pemphredo und Dino, die Grazien Aglaia, Euphrosyne und

Thalia; die Schicksalsgöttinnen Clotho, Lachesis und Atropos; die Horen Eunomia, Dike und Eirene. Überall das Dreieck – so als ob ein großes Geheimnis zwischen seinen drei Spitzen verborgen wäre.

Die *séance à trois* bedeutet eine Dreiecksbeziehung für eine Nacht, etwas, das wiederholt werden kann, aber nicht muß. Es ist kein Dauerverhältnis. Das ganze wird geboren aus Inspiration oder Kalkulation. Jedenfalls kann es sehr reizvoll sein.

Unter Umständen ist ein homosexueller Aspekt in dieser Dreiecksbeziehung vorhanden, zumindest betrifft das ein oder mehrere Mitglieder der Gruppe. Lucy Chang zum Beispiel, dessen war ich gewiß, war bisexuell veranlagt. Von Tz'u Hsi wußte ich nicht genug, um das beurteilen zu können, aber er war jedenfalls mehr als bereit, mitzumachen.

Ich drückte Lucy Chang gegen mich und streichelte ihren Körper, während Tz'u Hsi zuschaute. Sie keuchte leise, wand sich in sinnlicher Qual. Ihre Süßen waren wie Feuersteine zwischen meinen Zeigefingern und Daumen, erstarrt vor Wonne. Nach einer Weile begann sie zu wimmern.

Tz'u Hsi stürzte vor. Seine Lippen preßten sich auf Lucy Changs Mund, während seine Arme uns beide zu umschließen suchten. Schwankend klebten wir aneinander, und ich legte meine Hände an seinen Nacken, um ihn dort zu kitzeln, wo die kurzen Härchen wuchsen. Wir befanden uns alle in ungeheurer innerer Spannung. Es konnte nicht lange dauern, bis wir auf dem Boden lagen.

»Hallo, hallo«, sagte eine Stimme in gutem altem Amerikanisch.

Ich dachte, Tz'u Hsi würde explodieren. Er wandte sein scharlachrotes Gesicht einem großen Mann zu, der im Türrahmen stand, öffnete den Mund und kreischte mit schriller Stimme chinesische Flüche. Der große Mann hob die Hände, Innenflächen nach außen.

»Okay, okay. Tut mir leid. Ich wollte nicht stören. Ich bin gerade angekommen. Mit einem Taxi vom Flughafen.«

»Ich kann Sie jetzt nicht sprechen«, knurrte Tz'u Hsi. »Warten Sie im Garten.« Er zögerte und fragte dann: »Hat Sie das Mädchen am Mondtor eingelassen? Ist sie noch dort?«

Der große Mann lachte leise. »Zu sehen ist sie nicht mehr. Als ich sie aufhob und auf die Seite setzte, während sie mir erzählte, ich könne jetzt nicht hereinkommen, rannte sie weg und kreischte nach jemand namens Sung.«

Tz'u Hsi lächelte kalt. »Sung ist mein Leibwächter. Er ist ein großer Ringer. Wenn er Sie erwischt, kann er Ihnen das Rückgrat brechen.« Während er redete, preßte er sich in einer Reflexbewegung, die er nicht steuern konnte, gegen Lucy Chang. Er war zwischen dem Bedürfnis, mit diesem unverschämten Killer, den er angeheuert hatte, zu reden und dem, was er und Lucy Chang taten, hin und her gerissen.

»Sagen Sie Sung, es solle keine Scherereien geben. Er wird verstehen. Und dann sagen Sie dem Mädchen K'u hsien –, ich befehle ihr, Sie willkommen zu heißen.«

Mein Landsmann lachte. »Wenn das bedeutet, was ich mir vorstelle, vielen Dank, Amigo.«

Während die Unterhaltung hin und her ging, hatte ich meinen Landsmann eingehend betrachtet. Er war groß und sehnig. Sein schwarzes Haar war kurz geschnitten und seine Gesichtshaut so dunkel, daß ich auf indianisches Blut tippte. Seine schwarzen Augen musterten fröhlich meinen nackten Rücken und die plattgedrückten Halbkugeln meiner Brüste, deren Spitzen hinter Lucy Changs Rücken verborgen waren.

Ich lächelte ihm zu und blinzelte. Es konnte nicht schaden, gleich von Anfang an Beziehungen zu ihm aufzunehmen. Mein Auftrag war, ihn zu töten. Aber um das zu tun, war es vielleicht erforderlich, ihn vorher besser kennenzulernen. Sie begreifen sicher, was ich meine.

Tz'u Hsi wartete, bis die Schritte des Fremden sich entfernt hatten, bevor er sich wieder Lucy Chang zuwandte, um sie zu küssen. Während er mit meinem Landsmann geredet hatte, hatte er mit beiden Händen ihren Cheongsam ergriffen.

Nun zerrte er ihn mit einem Ruck weg, und die Seide riß vom Hals bis zum Saum.

Unter der schwarzen Seide trug sie nichts außer Schuhe. Tz'u Hsi griff blindlings nach ihr, sein Körper war steif vor Begierde. Aber ich stieß Lucy Chang beiseite. Sie schrie zornig auf, denn sie war völlig außer sich; ihr Körper hatte die Funktion des Gehirns übernommen und verlangte Befriedigung.

Ich schob mein Goldlamékleid über die Hüften hinab. Es glitt vollends zu Boden. Ich hob erst einen, dann den anderen Fuß aus der goldenen Pfütze, die es um meine Abendschuhe bildete. Tz'u Hsi verschlang meinen Körper mit Blicken und atmete schwer.

Ich winkte der keuchenden Lucy Chang, mir zu helfen, Tz'u Hsi auszuziehen. Sie folgte bereitwillig, aber ihrem glatten Gesicht war ihre Begierde anzumerken. Ich überließ ihr die Führung, sah, wie ihre weichen Handflächen die Brust und den Bauch streichelten, die sie entblößt hatte – sein Körper war fast so haarlos wie der ihre – und dann sanken ihre Finger tiefer. Tz'u Hsi knurrte und griff nach mir.

Mit Tz'u Hsi in der Mitte bildeten wir einen lebenden Sandwich. Er liebkoste mich, während ihn die hübsche Eurasierin streichelte. Wir zitterten alle drei und ich hörte, wie Lucy stöhnte. Ich ergriff ihren Kopf und zog ihre Lippen auf Tz'u Hsis Mund zu. Dann drängte ich mich hinzu.

Nackt führten wir im Stehen den *p'in* Kuß aus, bei dem sich drei Münder vereinigen. Das war ein bißchen zuviel für Tz'u Hsi. Er begann zu zittern, als hätte er Fieber. Lucy und ich zogen uns zurück, wir ließen ihn sachte auf die Kissen hinabsinken. Einen Augenblick lang standen wir über ihm und starrten auf das, was die Taoisten ›Bambussprosse‹ nennen.

Danach ging es ziemlich hektisch zu. Lucy Chang fiel auf Tz'u Hsi wie eine Bombe auf ihr Ziel. Der Mann bog den Rücken durch, sie empfing ihn, und ich fühlte mich wie das sprichwörtliche fünfte Rad am Wagen.

»Du spielst das Wind- und Mondspiel gut«, keuchte Tz'u Hsi.

»Meine Blume schüttet ihren Samen für dich aus«, flüsterte sie.

»Meine Kerze wächst, ins Wachs getaucht.«

»Ich bin die Glocke, die unterm Schlag des Klöppels klingt«, schluchzte sie.

So redeten die beiden weiter, während ich meine Hände abwechselnd über sie gleiten ließ. Meine Augen waren inzwischen glasig geworden. Ich wurde vom Augenblick überwältigt. Ich liebte sie beide ganz unparteiisch. Lucy riß sich los, ich warf mich auf Tz'u Hsi, und nun war die hübsche Eurasierin an der Reihe, die Rolle der Dienerin zu übernehmen.

»Du machst *fu yin chiu yang*«, teilte sie mir einmal ins Ohr flüsternd mit. »Wir das nennen *fu yin chiu yang*.«

Mir kam das in jeder Sprache gut vor.

Es war kurz vor der Morgendämmerung, als Lucy Chang und ich das Sommerhaus verließen, die Arme umeinander geschlungen, um uns gegenseitig zu stützen. Die Eurasierin trug einen Morgenmantel über ihrem nackten Körper, denn ihr Cheongsam taugte nur noch für den Lumpensammler.

Ich war erschöpft, aber ich dachte an den Amerikaner, der am Abend bis zu uns vorgedrungen war. Ich wußte es nicht mit Sicherheit, aber mein weiblicher Instinkt sagte mir, daß er der Mann aus San Francisco sein mußte. Und in diesem Fall mußte ich herausbringen, wann und wo sich die drei Killer treffen würden.

»Warte im Wagen, Honey«, sagte ich zu Lucy. »Ich habe meine Handtasche vergessen.« Ich hatte sie absichtlich liegen lassen, da ich eine Ausrede brauchte, falls mich jemand auf dem Grundstück der Villa antraf, nachdem ich eigentlich zu Hause und im Bett hätte sein müssen.

Ich rannte zum Sommerhaus, weil ich annahm, daß Tz'u Hsi, falls er sich mit dem Amerikaner unterhalten wollte, dies im Sommerhaus tun würde. Glücklicherweise sah ich den

Amerikaner, bevor er mich erspähen konnte. Er wurde soeben von dem Mädchen K'u-hsien an der Hand über eine der Mondbrücken geführt. Er war in der Laune, mit ihr herumzuschäkern, aber sie drängte flüsternd weiter.

»Bitte, nicht mehr«, sagte sie. »Der Herr wartet.«
»Laß ihn warten, Honigtöpfchen. ich bin scharf auf dich.«
»Zu viel«, kicherte sie. »Mein *hua hsin* ist müde.«
Na ja, so ist's nun mal. Mal hat man Glück, mal Pech.
Ich schlich auf Zehenspitzen hinter den beiden her.

Sie traten ins Sommerhaus. Ich schlich näher und wünschte, ich hätte einen Lautverstärker bei mir gehabt. Aber es wäre zu riskant gewesen, etwas von meiner Geheimagentenausrüstung mit mir herumzutragen. Also spähte ich umher, bis ich die Steinstatue eines Löwen entdeckte. Wenn ich auf seinen Rücken stieg, konnte ich den unteren Rand des roten Ziegeldaches erreichen.

Ich schwang mich hinauf. Dann schlenkerte ich meine Schuhe von den Füßen und ging auf Strümpfen über die Dachziegel, bis ich mich direkt über dem Fenster befand, durch das klar und deutlich die Stimmen der beiden herausdrangen.

» – für einen solchen Job? Das ist doch nicht Ihr Ernst.«
»Fünfzigtausend Dollar ist eine Menge Geld, Joseph Hoskins.«
»Klar. Aber dafür, daß ich den Präsidenten umbringen soll? Mann, haben Sie eine Ahnung von dem Menschenmaterial, über das das FBI verfügt! Ganz abgesehen von der lokalen Polizei und anderen Organisationen der Regierung, die in einen solchen Fall hineingezogen werden würden.«

Ein kurzes Schweigen entstand. Dann murmelte Tz'u Hsi: »Ich werde darüber nachdenken. Ich werde meine Entscheidung bei unserem Zusammentreffen bekanntgeben.«

»Ach ja. Wenn ich meine Mitverschwörer treffe. Wie hieß das Hotel noch?«

Die Stimme des Chinesen klang ärgerlich, als er murmelte. »Das Kowloon, das Kowloon. Und seien Sie ja da.«

»Na, bestimmt. Aber vergessen Sie nicht, fünfzigtausend ist einfach nicht genug.«

Ich kauerte mich auf den roten Ziegeln zusammen. Die Stimmen der beiden entfernten sich. Es war Zeit, sich aus dem Staub zu machen. Wenn mich jemand auf den roten Ziegeln sah, war es schwierig, Erklärungen abzugeben. Schließlich pflegen Mädchen im allgemeinen ihre Handtaschen nicht oben auf dem Dach zu verlieren.

Die Schuhe in den Händen, sprang ich auf das Gras. Meine Strümpfe waren ruiniert, aber zum Teufel mit ihnen. Ich wollte vor Tz'u Hsi und Hoskins das Grundstück verlassen.

Ich erreichte das Mondtor und schlüpfte hindurch, erleichtert, daß K'u-hsien zu müde war, um auf dem Posten zu sein. Der Rolls Royce wartete mit summendem Motor. Ich schlüpfte auf den Rücksitz, wo Lucy Chang leise schnarchte.

Der Rolls Royce glitt davon.

Ich kauerte mich in meiner Ecke zusammen und überlegte schnell. Das ›Kowloon‹ sollte der Treffpunkt sein, aber wann? Ich konnte kaum in der Hotelhalle Posten beziehen und warten. Sowohl Tz'u Hsi als auch Joe Hoskins kannten mich.

Ich setzte mich auf. Vielleicht konnte Lucy Chang helfen. Ich warf ihr einen Blick zu. Sie schlief noch. Ihr Morgenmantel klaffte auf und ließ ein Stück blassen Schenkels sehen, der mit purpurnen Knutschflecken bedeckt war. Sicher kannte sie eine Menge Leute in Hongkong. Vielleicht war von denen jemand bereit, sich ein paar Dollar zu verdienen.

Während ich sie aus dem Rolls zog – sie schlief noch halb und protestierte dagegen, weggeschleppt zu werden – begann ich sie auszufragen. Ob sie jemand kenne, der bereit sei, sich in der Stadt nach einem Mann namens Joseph Hoskins zu erkundigen? Für hundert amerikanische Dollar?

Ehrlich – das Mädchen mußte eine eingebaute Registrierkasse haben.

Bei der Erwähnung amerikanischer Dollar war sie hellwach. Ja, sie kannte eine Menge Leute, die nur zu glücklich waren, mir zu helfen. Meistens junge Männer, die alles für mich tun würden, wenn ich ihnen nur zehn Dollar gab – amerikanische.

»Hundert«, sagte ich. Zum Teufel, es war das Geld der Steuerzahler, nicht meines.

»Du mir geben hundert, ich tun.«

Ich tat es, sie tat es.

Um zehn Uhr am nächsten Morgen klingelte das Telefon. Ich entwand mich einem Traum, in dem David Anderjanian ein mit Abhörgerät versehenes Mandaringewand getragen und ein ›ni-hao‹ gemurmelt hatte.

Lucy Chang war tätig gewesen. Der Amerikaner Joseph Hoskins wohnte im Kowloon-Hotel. Ihr Freund, ein Privatdetektiv, hatte ihr das mitgeteilt. Mit eigenen Augen hatte er die Eintragung im Register gesehen.

Aus war der Traum. Ich hätte es mir gleich denken können. Ich hatte doch Hoskins sagen hören, er sei direkt vom Flughafen im Taxi zur Villa gefahren. Natürlich war er nirgendwo abgestiegen. Tz'u Hsi hatte ihm lediglich den Namen eines Hotels gesagt, in dem er wohnen konnte, nicht den Namen des Treffpunkts.

Soviel über meine scharfsinnigen Überlegungen.

Aber nein, stop! Vielleicht war das sinkende Schiff meiner Hoffnungen noch zu retten. »Lucy, dein junger Mann – könnte er wohl noch einmal ins ›Kowloon‹ zurückkehren und herausfinden, ob ein Mann aus Macao und einer aus Rangoon innerhalb der vergangenen Woche ebenfalls dort eingetragen wurden? Und könnte er Aufnahmen von jedem dieser Gentlemen machen?«

Ich mußte langsamer sprechen, aber schließlich begriff sie. »Für noch Geld, er tut«, sagte sie und kicherte beglückt.

Zumindest wußte ich, wo ich mir Geld borgen konnte, falls Lucy Chang wirklich einmal nach Amerika kam. »Na okay, okay«, sagte ich müde. Was spielte ein weiterer Hunderter im Budget des Geheimdienstes schon für eine Rolle?

Gegen Mittag hatte ich meine Information. Ja, ein Major

Alexander Blake aus Rangoon war im Kowloon-Hotel eingetragen und ebenso ein dunkelhäutiges Individuum namens Miguel Sorolla aus Macao. Es waren Schnappschüsse von diesen beiden Männern aufgenommen worden, als sie die Cochrane Street entlanggeschlendert waren. Die Fotos würden in einer Stunde geliefert.

»Oh, und Lucy – hätte dein Freund etwas dagegen, sich noch was zu verdienen, indem er diese Gentlemen im Auge behält?«

Die Stimme am anderen Ende der Leitung gurrte förmlich. Der Freund würde überaus glücklich sein.

Die Bilder trafen nach zweieinhalb Stunden ein. Lucy Chang hatte ihren Privatdetektiv beauftragt, mich anzurufen, sobald die drei Männer zusammenkamen oder sobald Tz'u Hsi das Kowloon-Hotel aufsuchte.

Ich rief den amerikanischen Konsul an. Die Dinge kamen schnell und heftig ins Rollen. Er mußte mich von meinem Nachtclub-Job erlösen. Vielleicht gab es in dieser Nacht Wichtigeres zu tun.

Damit mir keiner der Telefonanrufe entging, ließ ich mir sowohl Lunch als auch Abendessen aufs Zimmer bringen. Der Anruf kam um zehn nach neun. Mein Informant teilte mir in stockendem Englisch mit, daß Tz'u Hsi soeben ins Kowloon gekommen sei. Mein Freund hatte sich die Freiheit herausgenommen, ihm in den Aufzug zu folgen. Tz'u Hsi war im vierten Stock ausgestiegen. Der Mann aus Rangoon hatte ein Zimmer im vierten Stock.

Das war mein einziger Ansatzpunkt, aber er mußte ausreichen. Ich preßte meine goldenen Locken flach an den Kopf und zog mir eine Perücke mit glänzendem schwarzem Haar über. Ich legte blauen Lidschatten auf und verbreiterte mit ein paar geschickten Strichen mit Hilfe meines Lippenstiftes meinen Mund.

Dann öffnete ich meine Handtasche und nahm die langen, roten falschen Fingernägel heraus – die, auf die Gift geschmiert war. Sehr vorsichtig legte ich sie auf meine echten

Fingernägel und klebte sie fest. Wenn ich kräftig genug kratzte, konnte ich einen Mann damit umbringen. Was der Zweck der Übung war.

Ich zwängte meine mädchenhaften Formen in ein enges Strickkleid, das meine Perlen und meinen Nabel sehen ließ, so daß ich wie die Schwester aller Huren aussah. Schließlich hängte ich mir den Riemen einer großen Ledertasche über die eine Schulter.

Im Taxi fuhr ich zur Kowloon-Halbinsel.

Draußen vor dem Kowloon-Hotel wanderte ich auf und ab. Es wurde zehn Uhr, es wurde elf Uhr. Meine Füße taten scheußlich weh von dem Herummarschieren, aber ich wagte nicht, so wie ich aussah, in die Halle zu gehen. Ich wäre wegen Belästigung, ja vielleicht wegen Erregung öffentlichen Ärgernisses festgenommen worden.

Bordelle sind in Hongkong verboten, falls Sie das nicht wissen. Jemand kriegte einen Reformkoller und schloß vor ein paar Jahren all die Freudenhäuser. Das verursachte den freudenspendenden Mädchen schweres Kopfzerbrechen. Sie kannten nur eine Methode, ihren Lebensunterhalt zu verdienen und sie mußten mit einem narrensicheren System aufwarten, um von der Straße wegzubleiben. Sie dachten sich andere Wege und Möglichkeiten aus. Nun gibt es Gästehäuser, kleine Übernachtungshotels, Tanzsäle, Massagesalons, Call-Girls und Freudenerweiserinnen – und die überall vorhandenen Sampans mit ihren sozusagen eingebauten Mädchen.

Ich wollte soeben das Risiko, verhaftet zu werden, doch auf mich nehmen und in die Halle gehen, als Tz'u Hsi und ein anderer Mann auf den Gehsteig heraustraten. Sie blieben einen Augenblick lang stehen und redeten und der Nachtwind trug einen deutlich britischen Akzent zu mir herüber. Ich verbarg mich hinter ein paar großen, steinernen Blumentöpfen.

Dann winkte Tz'u Hsi mit der Hand, eine große, schwarze Limousine kam angefahren und Tz'u Hsi verschwand darin.

Ich trat von einem Fuß auf den anderen. Irgendwie mußte ich mit dem Engländer Kontakt aufnehmen. Ich trat hinter den Blumentöpfen hervor.

Major Blake kam in meine Richtung. Ich wartete an einer dunklen Stelle und streckte nur mein rechtes Bein in den matten Lichtschein einer Laterne vor. Dann hob ich mein Strickkleid und richtete etwas an der Schnalle eines Strapses.

»Hallo, oha! Was ist das? Was ist denn das?«

Eine fröhliche Type, à la Colonel Blimps. Na ja. Ich richtete mich auf, so daß er erkennen konnte, daß ich oberhalb meines Nabels nichts trug als das Strickkleid. Seine Augen quollen ein bißchen hervor und er schluckte lautstark.

»Mein Strumpf ist gerutscht«, sagte ich liebenswürdig lächelnd. Ich hob erneut den Rock und streckte mein Bein zu seiner gefälligen Ansicht aus. Der Saum war beinahe in Hüfthöhe. Er sah mühelos, daß ich kein Höschen anhatte.

»Ah ja. Natürlich, natürlich. Schlecht, wenn so einem hübschen Ding wie Ihnen so was passiert. An einem abgelegenen Ort müßte man einen Strumpfgürtel eigentlich reparieren können, wie?«

Ich zeigte ihm meine Grübchen und kicherte ein bißchen. »Wenn Sie ein Zimmer hätten, in das ich gehen kann, würde ich es leicht in Ordnung bringen können.« Seine Augen glitzerten in Vorfreude. »Vielleicht können Sie ihn auch für mich reparieren? Sie sehen so aus, als ob Sie technisch begabt wären«, fügte ich der Wirkung halber hinzu.

Er brüllte vor Lachen. »Technisch begabt. Na, das ist gut. Aber ich bin ganz geschickt mit den Händen.« Er krümmte sich buchstäblich vor Gelächter.

Ich lachte mit und zwar so heftig, daß ich mich gegen ihn lehnen mußte und er fühlen konnte, wie nett und groß meine Freudenkuppeln waren. Langsam rieb ich meine Brüste an seinem Arm.

Seine Hand schob sich in meine Ellenbeuge. »Dann kommen Sie. Ich wohne im vierten Stock. Den Strumpfgürtel werden wir in Null Komma nichts in Ordnung bringen.«

Ich zögerte und erklärte ihm, ich hätte Angst, von einem Polizeibeamten aufgehalten zu werden. Er versuchte mir das auszureden. Ich konnte ihm schwerlich klarmachen, daß ich mich viel mehr als vor einem Dutzend Hongkonger Bobbies davor fürchtete, trotz all meines Make-ups und der schwarzen Perrücke von Joe Hoskins erkannt zu werden.

Wir schlossen einen Kompromiß. Wir gingen ums Hotel herum und betraten es durch den Hintereingang, von dem aus ein mit Teppich belegter Korridor zu den Aufzügen führte. Niemand achtete auf uns.

Im vierten Stock stiegen wir aus. Der Major nahm seinen Schlüssel heraus und schloß die Tür seiner kleinen Suite auf. Die Luft war mit abgestandenem Tabakrauch und Whiskydunst verpestet.

»Sie haben heute abend schon mal ein Mädchen hier gehabt«, sagte ich vorwurfsvoll.

»Nicht sehr wahrscheinlich. Das waren Männer.«

»Na klar. Das sagen alle. Und vermutlich haben Sie ein gewaltiges Geschäft abgeschlossen?«

Er lachte darüber, als sei er heimlich belustigt. Er hatte die Deckenbeleuchtung eingeschaltet, so daß ich eine kleine Bar – eine Stiftung des Managements – und ein halbes Dutzend Flaschen sehen konnte, die offensichtlich Eigentum des Majors waren. Außerdem standen da ein großer Diwan, mehrere Polstersessel, ein Schreibtisch und ein Stuhl. Durch eine geöffnete Tür konnte man in das verdunkelte Schlafzimmer sehen.

Major Blake umarmte und küßte mich, wobei er seinen muskulösen Körper gegen mich preßte. Er hatte recht, er hatte kein Mädchen in seinem Zimmer gehabt. Oder wenn doch, so war er ein beachtlicher Satyr. Meiner Schätzung nach war der Major seit einiger Zeit ohne Frau gewesen.

3. Kapitel

Er machte sich richtig mit mir ans Werk, nicht derb, sondern sanft und mit einem sicheren Gefühl für das, was er tat. Ich fühlte mich wie Glaserkitt in seinen Händen, wie weicher, weiblicher Glaserkitt, der in der einzigen Weise reagierte, in der es ihm möglich war.

Seine Lippen glitten hinab zu meiner Kehle, seine Zunge fuhr über mein Fleisch. Sein Körper war hart, mager. Er war ein großer Mann und stark. Meine Absicht, ihn umzubringen, mochte irgendeine primitive Saite in mir angeschlagen haben, denn ich selbst wurde am ganzen Körper feucht und schlüpfrig und ich merkte, wie ich mich gegen ihn preßte.

Der Major nahm die Hände von meinem Rücken, ließ sie in meine Achselhöhle gleiten und umfaßte zugleich meine Brüste. Sie waren nackt unter dem Kleid, die Süßen standen steif hervor. Seine Finger waren seltsam sanft, sie schoben die Wolle mit kreisenden Bewegungen über meine Haut, so daß die Fasern die sensiblen Nerven kratzten.

»Ah, ah«, hauchte der Major.

Ich nahm es als Kompliment. Ich stöhnte, um ihn wissen zu lassen, wie das auf mich wirkte. Das Oberteil meines wollenen Strickkleids war mit einem Gürtel um die Taille befestigt. Der Major löste ihn, ließ ihn fallen und zog das Oberteil hoch. Meine Brüste ragten ihm groß und weiß entgegen, als er die Wolle auf meine Achselhöhle zurollte.

Er war ein Schatz, dieser Junge. Seine Lippen fuhren über die schwellenden Kugeln und er begann sie zu küssen, unten, oben und genau in der Mitte. Sein Mund begann an der Knospe zu ziehen, erst an der einen, dann an der anderen, wie eine Biene, die auf Nektar aus ist. Er summte sogar leise dabei, tief in seiner Kehle.

Ich griff nach seinem Kopf, hob ihn an und flüsterte in sein Ohr: »Sie sind doch in Indien gewesen, Major. Sicher kennen Sie die *Ausunneh*, die vierundachtzig Liebespositionen der Göttin von Ruttee?«

Der Major grinste und bewegte seinen Unterkörper vor und zurück. »Die altmodische Position ist gut genug für mich.«

Ich lachte zu ihm empor, trat zurück und schüttelte die Schultern, so daß meine Brüste hüpften. Der Major leckte sich die Lippen. Seine Augen glitzerten. Ich zischte: »Seien Sie keine Tränentüte. Los, Major.«

Meine Hände fuhren auf seinen Anzug zu, begannen ihn zu entkleiden. Er machte sich gut, mager und sehnig wie er war. Joe Hoskins fiel mir ein, und ich fragte mich, ob alle Killer vom selben Typ waren. Sein Süßer war enorm.

»Die Mädels in Indien nennen mich *ushvah*«, lachte er, als er mein Interesse bemerkte. »Das bedeutet, ein Mann, der wie ein Zuchthengst gebaut ist.«

»Ein guter Name«, flüsterte ich.

Er griff nach mir, aber ich entwand mich ihm lachend, nackt über meinem wollenen Rock. Ich war selbst ungeheuer erregt.

»Nicht so schnell«, sagte ich. »Ich möchte das genießen. Man findet nicht jeden Tag einen Mann wie Sie.«

Die Schmeichelei gefiel ihm. »Los«, sagte er, »zieh dich aus. Ich bin aus Fleisch und Blut, weißt du.«

Ich hob meinen Rock bis zu den Hüften, so daß mein gewohnter Strumpfhalter und die schwarzen Nylons zu sehen waren. Der Major holte tief Luft und murmelte: »Sie würden dich Schwester von Parvuttee, der Braut Shivas, nennen, der Göttin aller fleischlichen Liebe. Oder *chitrinee*, die königliche Hure der Könige und Sultane. Das ist ein großes Kompliment, weißt du.«

Ich ließ meine Fingernägel vorne an ihm herabgleiten. Ich packte ihn, ich liebkoste ihn, bis er ächzte. Dann trat ich zurück und ließ ihn mit ausgestreckten Händen auf mich zustürzen. Seine Lippen streichelten meinen Bauch in dem rituellen *auparistaka*, wie es die Frauen des Flußdistrikts des Indus und Iravati lieben.

Er drehte mich um, er verabreichte mir das Rückgrat hinunter Küsse bis zu den Hügeln meines Pos. Auch diese küßte er, als wäre ich die Göttin Parvuttee und er der Hohepriester, der *poojaree*. Seine Lippen und seine Zunge waren wie silberne Peitschen, die jedes meiner erotischen Nervenzentren trafen. Ich konnte nicht still stehen. Die Füße nebeneinander, bewegte ich meine Hüften im Kreis, wie es die *dewadishi* zu tun pflegen, die Tempelprostituierten, deren Tage und Nächte lediglich sexuellen Umarmungen gewidmet sind. Er schwenkte mich hin und her, betete mich mit geöffnetem Mund an.

Anscheinend liebte Major Baker dieses Federballspiel, denn er wieherte wie ein Pferd, umfaßte meine Hüften mit den Armen, biß und küßte die Teile, die *yoni* genannt werden, brachte die *kamasalila* zum Überfließen.

»Du bist die *pudminee*, die Frau des Lotos, deren Fleisch duftet wie die eben eröffnete Lilie, deren Säfte fließen wie Honig«, wimmerte er.

Ich lächelte. Ich kannte die Litanei der Lust, die er da zitierte. Ich bin nie in Indien gewesen, aber ich habe viel gelesen, und ich erinnere mich an das, was ich gelesen habe. Manche Leute nennen so was ein fotografisches Gedächtnis.

»Und du bist der *ushvah*, der in seinem Begehren der Bruder des flutenden Ganges ist, der die Welt überschwemmt«, hauchte ich.

»Deine Brüste sind die der Dunklen Mutter, der heiligen Kali, welche die Männer vor Begier zum Wahnsinn treibt.«

»Dein Süßer ist der Lingam des großen Shiva.«

»Deine Hüften sind die Täler und Hügel Mutter Indiens, deine Schenkel sind die Alabastersäulen, welche ihre geheiligten Tempel tragen.«

Der Singsang ging weiter und wurde zunehmend intimer, bis ich über seinen Rücken gebeugt dastand, während er mich mit dem Mund bearbeitete. Ich entdeckte, daß ich nicht mehr allzuviel von dem *auparistaka* ertragen konnte. Ich zitterte wie ein Blatt.

Ich packte ihn, warf ihn auf den Boden.

Er lachte zu mir empor, seine Augen glänzten, während er das V über meinen zitternden Schenkeln musterte. »Eine erstklassige Schau, was?«

»Ich werde dir zeigen, was eine erstklassige Schau ist«, flüsterte ich. »Setz dich auf – in die *uttana-bandha*-Pose.«

Er nickte verständnisvoll. Er setzte sich auf, das linke Bein ausgestreckt, die rechte Ferse gegen die Innenseite des linken Schenkels gedrückt. Er stützte sich auf die nach hinten ausgestreckten Arme, die Finger auf dem Teppich gespreizt. Er hätte den Namen ›Linganaut‹ mit dem Gott Mahadeva teilen können.

»Augenblick, Schätzchen«, keuchte er. »In meinem Koffer dort drüben, auf dem Gestell am Fußende des Bettes, findest du drei Schwefelringe – gelb –, sei ein gutes Mädchen, bring sie mir.«

Ich fand die Ringe, brachte sie ihm und sah zu, wie er sie anbrachte. Ich war sehr neugierig. Ich hatte von diesen Schwefelringen gehört, die auf das steife Glied geschoben werden und die so das Vergnügen der Frau erhöhen, aber ich hatte noch nie Gelegenheit gehabt, sie zu Gesicht zu bekommen.

Als er fertig war, war der Major ein Blutsbruder der lebensgroßen Statue des Lord Shiva im Ishwara-Tempel in Benares. Die Tempelpriesterin führt vor diesem Idol den lüsternen Tanz der Bajadere vor und die Statue reagiert wie ein Mann – bis zum Orgasmus.

»Jetzt, meine Schöne«, keuchte der Mann.

Ich nahm die Stellung der *purushayita-bhramarabandha* ein, indem ich mit gespreizten Beinen niederkauerte. Dieses Herabsinken auf das männliche Organ wird in den Handbüchern der Hinduliebe als ›Kuhmelker-Position‹ bezeichnet. Sie befähigt die Frau, mit dem Schließmuskel ihrer Süßen den aufgerichteten Eindringling nach Belieben zu manipulieren.

Wenige Frauen des Westens sind sich der Kraft ihrer inneren Muskulatur bewußt. Die Prüderie, die diesen Frauen so viel erotisches Wissen vorenthalten hat, hat auch die Existenz dieses Schließmuskels einfach unterschlagen, aber die Tempelprostituierten von Indien, die *ouled nail* von Nordafrika, die Geishas in Japan – sie alle können ihre Geschicklichkeit mit diesem Teil ihrer Anatomie unter Beweis stellen.

Während ich über dem Major auf und ab glitt, spürte ich die Wirkung der Schwefelringe, brennend, reibend, erregend. Ich bewunderte die Empfindungskraft des unbekannten Genies, der solche Dinge erfunden hatte. Ich mußte David Anderjanian diese Ringe schenken, wenn ich in die Vereinigten Staaten zurückkehrte. Falls ich zurückkehrte – wenn ich nicht an Ort und Stelle vor Lust hinschmolz und starb.

Denn Major Blake trieb mich vor Begierde zum Wahnsinn.

Es gibt ein Stadium, genannt *nakhara*, in das eine Frau geraten kann, wenn sie von Lust besessen ist. Es ist gekennzeichnet durch schrille Schreie, das Zerkratzen ihres Partners mit den Fingernägeln, durch Kopfschütteln, durch Umklammern mit den Schenkeln. Ich fiel sofort in das *nakhara*, nur unterließ ich, meine Fingernägel zu benutzen. Noch nicht. Dieses wahnsinnige Entzücken durfte noch nicht so schnell enden.

Meine Arme umschlangen ihn, ich drückte ihn gegen mich – in den Kreis meiner Arme und in den anderen Kreis, welchen die Hindus so verehren. Meine *yoni* tobte vor Begierde. Meine Hüften und mein Po tanzten. Ich trieb den Major und mich selbst mit meinen Windungen zum Wahnsinn.

Meine aufgesetzten Fingernägel kratzten leicht über seinen Rücken. Jeder einzelne von ihnen war mit einer chemischen Substanz bedeckt, die innerhalb einer halben Stunde den Tod herbeiführte. Ich spielte mit dem Gedanken, daß dieser Mann so gut wie tot war, trotz seiner derzeitigen enormen Vitalität.

Der Gedanke an den Tod ist eng mit Begehren verbunden. Es scheint eine Art psychischer Verbindung zwischen beiden zu bestehen – wie sonst läßt sich die Tatsache erklären, daß die Geburten männlicher Babies während und nach Kriegen auf so unglaubliche Weise ansteigen? Die Vorführungen der Gladiatoren im alten Rom, bei denen der Tod nichts weiter als ein gewohnter Vorfall war, bei denen der Sand der Arena von Blut durchtränkt war und die Wärter die Leichen mit langen, tief in das noch zitternde Fleisch getriebenen Haken hinauszerrten, erregte die Matronen von Rom aufs äußerste. Nach jedem Gladiatorenkampf blockierte die Menge der liebesdurstigen Frauen, die sich um das Tor versammelten, aus dem die Gladiatoren traten, den gesamten Verkehr auf der Straße.

In jedem von uns mag ein Hauch von Sado-Masochismus haften. Manche Männer und manche Frauen wollen gedemütigt werden; andere genießen die Vorstellung von Macht, das sind die, welche für Demütigung des anderen sorgen. Hörigkeit, Peitschen, gewisse sexuelle Praktiken sind alle Teil dieses primitiven Drangs. Lust am Blut könnte man es nennen. Der Kampf der Geschlechter. In einer matriarchalischen Gesellschaft dominieren die Frauen; in einer patriarchalischen geben die Männer den Ton an.

Während nun meine vergifteten Fingernägel über das Fleisch des Mannes glitten, fühlte ich mich als Schwester im Geist der römischen Matronen, der Kriegsbräute, der matriarchalischen Herrscherinnen der Stämme auf den Marquesas-Inseln. Zu meinem erotischen Wahn trug die Tatsache bei, daß ich sowohl Geliebte als auch Mörderin war.

Ich kratzte ihn leicht, ohne seine Haut zu durchdringen.

Die Nacht war erst angebrochen. Es gab noch andere Opfergaben, die wir Shiva und Parvuttee darbringen konnten. Der Major schob mich weg und schlug mir vor, mich auf den Bettrand zu legen.

Ich gehorchte und nahm die *uttana-bandha*-Position auf dem Rücken ein. »Alle elf Variationen, Honey?«

Er lachte tief in der Brust, während er vorwärts glitt. »Wir können's versuchen, wenn du willst. Zuerst die *samapada*.«

Er ergriff meine Beine und hob sie an, so daß meine nackten Fußsohlen auf seinen Schultern ruhten. Mit einem Ruck drang er in mich ein. Ohne den Rhythmus zu unterbrechen, senkte er meine Beine so, daß sie zu jeder Seite seiner Taille in der traditionellen *nagara* lagen.

Eine meiner Fersen hob sich zu seinem Kopf, das andere Bein streckte ich aus, so daß mein Fuß auf dem Teppich ruhte: die *traivikrama*. Wir glitten eben in Position Nummer vier, die *vyomapada* – bei der ich die Beine mit in die Kniekehlen gelegten Hände anhob – als ich den Major einen scharfen Schrei ausstoßen hörte.

Ich preßte mich an ihn, wie eine Frau zu allen Zeiten sich an einen Mann preßt. Meine Hüften schwangen und tanzten. Ich keuchte. Ich schluchzte.

Und als ich das krampfhafte Zucken seines Körpers spürte, als mein eigenes Fleisch in diesem Tornado der Sinne aufgewühlt wurde, grub ich meine Fingernägel tief in seinen Rücken. Ich krallte sie in sein Fleisch, während er brüllte, als hinge er am Spieß seiner eigenen Begierde, gepeitscht von Schmerzen. Er wurde steif, seine Augen rollten nach oben, aber nach wie vor drängte er in mich hinein.

Wie lange wir auf dem Bett lagen, während der Major über mir verging, werde ich nie wissen.

Ich kroch in mein Strickkleid und strich mir das Haar zurück. Dann begann ich systematisch das Zimmer zu durchsuchen.

Ich fand Flugzeugtickets für einen Flug von Hongkong nach Tokio, dann weiter nach Honolulu und San Francisco. Sie waren für einen Flug drei Tage später gebucht, Start um 10.15 Uhr vormittags vom Kai Tak Flughafen.

Warum dieser Aufschub von drei Tagen?

Ich hätte eher angenommen, daß Tz'u Hsi seine Bluthunde so schnell wie möglich in die Vereinigten Staaten entsenden würde, um wieder und wieder einen Attentatsversuch auf den Präsidenten zu unternehmen. In der Anzahl liegen Sicherheit und möglicher Erfolg.

Ich schlug leicht mit den Tickets gegen meine Handfläche. Ein Mann wenigstens würde sein beabsichtigtes Zusammentreffen mit dem Präsidenten nicht mehr einhalten können. Er lag jetzt, dem Rigor mortis zustrebend, auf seinem zerwühlten Bett. Zumindest war er glücklich gestorben.

Ich suchte eine halbe Stunde weiter, fand aber sonst nichts mehr. Nicht einmal eine Pistole. Vermutlich lag die Mordwaffe verborgen in einem anderen Koffer, möglicherweise im Flughafen draußen.

Der Mühe, aufzuräumen, unterzog ich mich nicht. Ich hängte meine Tasche über eine Schulter, zupfte mein Strickkleid zurecht und ging zur Tür. Dort legte ich die Hand auf den Knopf und öffnete sie.

Draußen stand Tz'u Hsi und starrte mich an.

4. Kapitel

Seine Hand war zum Klopfen erhoben.

Seine geschlitzten Augen wurden groß und das Erstaunen durchbrach die maskenhafte Unbeweglichkeit seines orientalischen Gesichts. Zischend drang der Atem aus seiner Kehle, während er erst mich anblickte und dann ins Zimmer hineinsah. Wahrscheinlich hätte er sich, wenn er in diesem Augenblick den Major gesehen hätte, einfach umgedreht und wäre in die Nacht hinein verschwunden.

Aber weder erblickte er den Major noch erkannte er mich.

»Wer sind Sie?« knurrte er.

»Ich heiße Kathy – obwohl Sie das nichts angeht. Kathy Monroe. Ich bin Fremdenführerin. Für Hongkong.«

»Wo ist Major Blake?«

Ich zuckte die Schultern und spielte die Abgebrühte, obwohl mir das Herz bis zu den Rachenmandeln hinauf klopfte. »Drinnen, glaube ich. Er ist eingeschlafen.«

»Und Sie haben ihn gefleddert.« Tz'u Hsi lächelte. Es war kein hübsches Lächeln. Es war kalt und tödlich. Wenn eine

Schlange beim Zufahren lächeln könnte, dann hätte ich gesagt, Tz'u Hsi lächelte wie eine Klapperschlange.

Seine Hand legte sich zwischen meine Brüste. Er schob mich weiter ins Zimmer zurück. Ich umfaßte mit beiden Händen seine Handgelenke und wollte eben den Armhebelgriff anwenden, um ihn auf den Boden zu befördern, als ein Berg von einem Mannsbild im Türrahmen auftauchte.

Es bedurfte keiner Vorstellung. Dieser riesige Brocken aus menschlichem Fleisch, Knochen und Muskeln konnte nur derjenige sein, den Tz'u Hsi als seinen Leibwächter bezeichnet hatte. Sung. Er füllte den Türrahmen restlos aus, von einer Seite zur anderen, von oben bis unten. Ich habe bei einem menschlichen Wesen nie mehr einen gewaltigeren Brustkasten und breitere Schultern gesehen.

Sein fettes Mondgesicht grinste mich an. Seine Schweinsaugen verschwanden fast hinter Fleischpolstern, aber das grausame Glitzern in ihnen war trotzdem unübersehbar. Er hob die Hände und streckte die Finger. Seine Hände hatten einen Durchmesser von gut dreißig Zentimeter, heiliges Kanonenrohr!

Tz'u Hsi lachte leise.

»Der jagt Ihnen Schrecken ein, Sung – was? Keine Angst. Wenn der Major schläft und ihm nichts zugestoßen ist – abgesehen von einem vorübergehenden Verlust an Manneskraft – können Sie gehen, wann Sie wollen.«

Ich versuchte mich seitlich an ihm vorbei zur Tür zu schlängeln. Das war albern von mir. Ich glaube nicht, daß ich mich an Sung vorbei in den Korridor hinaus hätte drücken können, selbst wenn der Kerl keinen Versuch gemacht hätte, mich aufzuhalten. Er stand einfach da, grinste und forderte mich schweigend auf zu versuchen, an ihm vorbeizukommen.

Tz'u Hsi ging durchs Wohnzimmer und betrat das Schlafzimmer. Jetzt mußte ich schnell handeln. Wie aus der Kanone geschossen rammte ich Sung mit einem Satz meine spitzen Absätze in den Bauch.

Sung heulte auf, rührte sich aber nicht von der Stelle.
»Bring sie herein, Sung!« rief Tz'u Hsi.

Der große Mann stürzte sich auf mich und ließ dadurch die Tür unbewacht. Meine Hände fuhren auf seine Handgelenke zu – die sie nur mit Mühe umspannen konnten – und ergriffen dann seine Finger. Ich hielt diese lebenden Würste fest, drehte mich um und zog.

Nie hätte ich Sung von der Stelle gebracht, wenn er nicht ohnehin auf mich zugekommen wäre. Dazu war er zu schwer. Aber bei Judo werden das Gewicht und die Kraft des Gegners gegen ihn selbst genutzt. Sung erdrückte mich beinahe, als ich ihn über mein Rückgrat riß, aber meine Beine sind ebenso kräftig wie hübsch. Ich ging leicht in die Knie, richtete mich dann wieder auf und Sung flog im Bogen durch die Luft.

Er landete auf einem Stuhl, der unter ihm splitterte und auseinanderbrach. Ich blieb nicht stehen, sondern wirbelte herum und raste zur Tür.

Tz'u Hsi stand unter der Tür zum Schlafzimmer und starrte heraus. Er hob die Hände und klatschte sie zusammen. Ich schoß durch die Tür wie eine Kanonenkugel, rutschte und begann zu rennen. Auf das Händeklatschen hin kamen zwei Chinesen auf mich zu.

Ich fuhr herum, um in entgegengesetzter Richtung zu fliehen. Zwei weitere Männer tauchten aus dem Dunkel auf. Wir prallten alle miteinander in einem Gewirr von Händen und Beinen zusammen.

Mit der Handkante schlug ich gegen eine Schläfe. Ich formte mit meinen Fingern einen Konus und rammte sie in eine Kehle. Einem dritten Mann ging ich mit dem Knie zu Leibe.

Meine Hände faßten soeben nach einem vierten, um ihn mit einem Hüftwurf außer Gefecht zu setzen, als zwei monströse Arme mich um die Taille faßten und mich von den Füßen hoben. Ich fühlte, wie meine Hände losgerissen wurden und sah, wie der Mann, den ich festgehalten hatte, schluchzend auf dem Boden kniete. Ich stieß mit meinen spitzen Absätzen gegen den Riesen, der mich wie ein Bär umarmt hielt. Ich hörte ihn grunzen.

Dann stand der schwer keuchende Tz'u Hsi vor mir. Vermutlich glaubte er das, was er sah, einfach nicht. In seinem blutrot angelaufenen Gesicht lag ein Ausdruck rasender Wut und seine schwarzen Augen schienen nichts zu begreifen. Zweimal schlug er mich, während Sung mich festhielt, mit aller Kraft ins Gesicht.

Ich wurde beinahe bewußtlos.

Irgendwie schaffte ich es, allen Mut und alle Kraft zusammenzuraffen, um ihm mit der Schuhspitze in die Leistengegend zu stoßen. Er wich kaum aus. Der Schuh fuhr nur so tief in seinen Schenkel, daß Tz'u Hsi gequält aufbrüllte und gegen die Wand zurücktaumelte.

Nun begann ich wie eine Wahnsinnige mit den Absätzen gegen Sungs massive Beine zu stoßen. Der Riese grunzte, keuchte vor Schmerz, aber seine Arme preßten nur noch fester zu. Noch ein wenig mehr Druck und meine Rippen wären gebrochen gewesen.

Ich schrie und versuchte mich in die schinkenartigen Hände zu krallen, die über meinem Nabel verschränkt waren. Ich hörte Tz'u Hsi zischen und zwei der Chinesen stöhnen. Aber es war wie im Traum, denn die Qualen, die ich ob meines zusammengequetschten Innern erduldete, setzten mir nun zu. Jeden Augenblick rechnete ich damit, daß mein Rückgrat entzweibrechen würde.

Es war Tz'u Hsi, der mich rettete. Ich hörte Sung chinesische Schimpfworte in mein Ohr knurren und sein Kinn grub sich in meine Schulter, während seine Hände über seine Unterarme hinaufglitten und der Kreis, von dem ich umschlossen war, zunehmend enger wurde. Ich hatte das Gefühl, demnächst zu explodieren.

»Genug!« fauchte Tz'u Hsi.

Sung grollte tief in der Kehle, aber er lockerte seinen Griff, so daß ich wieder atmen konnte. Er ließ mich nicht auf den

Boden hinabgleiten, sondern hielt mich ungefähr dreißig Zentimeter über dem Korridorteppich fest.

»Der Major ist tot, du billige Hure. Du hast ihn umgebracht. Dafür wirst du sterben«, zischte Tz'u Hsi.

Er hielt in seinem Redefluß inne und seine Augen blieben auf meinem Haar haften. Ich wußte, daß die Perücke verrutscht war und ich wußte, daß er mich erkennen würde, wenn er sie herunterriß. Von der Perücke glitt sein Blick über meine Augen, meine Nase, meinen Mund. Er hob die Hand und riß die Perücke herunter.

Mein blondes Haar fiel herab.

»Die Touristin«, keuchte er.

Tz'u Hsi war nicht dumm. Er wußte, daß es kein Zufall sein konnte, wenn ich mich mit einem der drei Männer getroffen hatte, die angeheuert worden waren, um den Präsidenten der Vereinigten Staaten zu ermorden. Er wußte zudem, daß ich Joe Hoskins in seiner Lustpagode gesehen hatte.

Er schlug mir mit der Faust aufs Kinn.

Ich sackte bewußtlos in Sungs Armen zusammen.

Als ich zu mir kam, lag ich auf einem Tisch in einem Raum mit Steinwänden und einer Decke mit schalldichter Ziegelverkleidung. Der Gedanke kam mir, daß ich mir die Lunge aus dem Leib schreien konnte, ohne daß mich jemand hören würde. Ich blickte an mir herab und sah, daß ich pudelnackt war.

Wasser tropfte langsam und stetig in der einen Ecke des Raums herab. Mir fielen Geschichten ein, die ich über chinesische Foltermethoden gehört hatte. Die Wasserfolter, bei der langsam und stetig Wasser auf die Stirn des Gemarterten tropfte – so wie das in der Ecke – bis der Betreffende verrückt wurde. Die Bastinade, bei der mit dünnen Bambusstecken so lange auf die nackten Sohlen des Opfers eingeschlagen wurde, bis die Füße nicht mehr zu erkennen waren. Der ›Tod der tausend Liebkosungen‹, bei dem eine Person so lange getätschelt und gestreichelt wurde, bis sie umkam, vermutlich an Herzschlag.

Hübsche, angenehme Kleinigkeiten. Genau das Richtige für Meditationen, wenn man splitterfasernackt auf einen Tisch geschnallt daliegt und eine Geheimagentin von L.U.S.T. ist.

Man behauptet, das Warten auf Foltern sei schlimmer als der wirkliche Schmerz. Glauben Sie's bloß nicht. Es ist schlimm, aber –

Eine Tür ging knarrend auf. Ich hob den Kopf und starrte auf eine hübsche junge Chinesin, die den Raum betrat. Sie war wirklich eine Wucht, schlank, mit teetassengroßen Brüsten, einem ovalen Gesicht mit vollem, rotem Mund und dichtem, glänzendem Haar, das ihr über die Schultern hing.

Das heißt, sie war hübsch, so lange, bis sie näher trat. Denn nun konnte ich die Grausamkeit in ihren Augen erkennen, das schwache Lächeln, das verriet, daß sie ein orgastisches Entzücken bei den Schmerzen erfassen würde, die sie meinem Körper zufügen wollte.

Ein weiteres Mädchen betrat den Raum. Sie war ebenso hübsch wie die erste, aber ein bißchen älter, schätzte ich, denn ihre Brüste waren größer, feste, goldene Melonen mit kecken scharlachroten Perlen. Sie war ebenfalls nackt bis auf einen um ihre Taille geschlungenen Ledergürtel. Verschiedene Gegenstände hingen daran an kleinen Haken.

Danach kam Tz'u Hsi herein und trat zum Rand des Tisches. Seine Augen sahen die roten Spuren auf meinen Freudenkuppeln. Er kicherte.

»Du bist in den Händen von Expertinnen, amerikanische Touristin«, sagte er. »Männer sind nicht schlecht im Foltern, aber um ein Mädchen zu bearbeiten ziehe ich jederzeit ein anderes Mädchen vor. Stimmt es nicht?«

»O doch«, flüsterte ich und wagte nicht auf die Mädchen zu blicken.

Tz'u Hsi lächelte und winkte mit einer Hand. »Die Jüngere heißt Wu, die ältere Shan. Sie können eine Frau fast einen Monat lang foltern, bevor sie stirbt. Ich habe ihnen oft bei der Arbeit zugesehen.«

Er machte eine Pause und sagte dann: »Wenn du sprichst und mir sagst, was ich wissen möchte, dann will ich gnädig sein. Abgemacht?«

»Nichts ist abgemacht. Es gibt nichts zu sagen.«

»Ah. Wirklich? Vielleicht sprichst du die Wahrheit. Vielleicht auch nicht. Das werden wir herausfinden. Wu!«

Tz'u Hsi trat zurück.

Lieber ließ ich meinen Stolz beiseite und bettelte: »Bitte, ich habe nichts zu erzählen. Sag ihnen das. Ich bin nichts weiter als eine Amerikanerin, die hier ihr Glück machen möchte. Ich habe diesen Major nicht umgebracht. Er muß eine Herzattacke gehabt haben.«

Das war zuviel für Tz'u Hsi. Er stürzte vor und beugte sein hartes Gesicht dicht über das meine. »Du lügst. Der Major wurde vergiftet. In diesem Augenblick sind die Männer meines Labors dabei, herauszufinden, um was für ein Gift es sich handelt.«

»Und ich bin natürlich eine solch ausgezeichnete Chemikerin, daß ich das kleine Gift selbst zusammengebraut habe, ja?« zischte ich zurück. »Vielleicht hat ihn einer – einer seiner Feinde umgebracht und mich vorgeschoben.«

Tz'u Hsi wurde nachdenklich und zupfte an seiner Unterlippe, während er mich betrachtete. Beinahe wäre alles im Eimer gewesen – beinahe hätte ich gesagt, einer seiner Mittäter habe ihn erledigt. Damit hätte ich mich nach Strich und Faden selbst verraten.

So jedoch hatte ich dem brillanten, hinterhältigen Tz'u Hsi einen Floh ins Ohr gesetzt. Es war durchaus möglich, daß entweder Joe Hoskins oder Miguel Sorallo den Major umgebracht hatte, um die Chance zu verringern, daß ein anderer den Präsidenten umbringen würde. Zu diesem Zeitpunkt wußte ich das noch nicht, erfuhr jedoch später, daß tatsächlich ein Bonus für denjenigen vorgesehen war, dem das Attentat gelang.

Wer immer Blake umgebracht hatte – es gab nur ein Motiv: Geld. Das war eine schöne Theorie, abgesehen davon, daß sie einen Haken hatte. Man hatte mich aus der Suite des Majors kommen sehen. Wie immer ich mir den Kopf zerbrechen würde, an der Tatsache war nicht zu rütteln.

Tz'u Hsi sagte etwas zu den nackten Mädchen.

Wu protestierte, Shan kicherte.

Tz'u Hsi murmelte: »Vielleicht hast du recht. Möglicherweise hat es der Amerikaner oder der Mann aus Macao getan. Aber du warst seine Komplizin, davon bin ich überzeugt. Also werden wir herausfinden, wer dich beauftragt hat.

Aber wir werden nicht so harsch vorgehen, wie wir es sonst getan hätten. Vielleicht gehörten eigentlich Joe Hoskins oder Miguel Sorallo hier auf den Tisch geschnallt. Du wirst mir sagen, welcher von beiden es ist.«

Die Tür öffnete sich. Ich hörte leise Schritte. Dann beugte sich Shan über mich, lächelte auf mich herab und in ihren Augen lag unendliches Mitleid.

»Sei ruhig«, flüsterte sie. »Sie nicht wissen, ich hier. Ich komme dich lieben, du willst. Tz'u Hsi nicht mich lieben, Wu nicht mich lieben. Du mich lieben.«

Ich nickte. Ich begehrte sie wirklich und zwar noch mehr als sie mich. Ich hob mein linkes Handgelenk und zerrte an dem Riemen. Shan nickte und griff nach der Schnalle.

Als sie mich befreit hatte, faßte sie mich am Handgelenk und zog mich auf den Boden hinab, wo wir keinen Lärm machen konnten, zumindest nicht so viel wie auf dem Tisch.

Sie begann das Spiel der Hühnerzunge und des Froschmundes auf meinem Körper zu betreiben. Sie gurrte, während sie mich küßte und streichelte, sie keuchte, als ich jede Zärtlichkeit mit ebenso viel Genuß zurückgab wie sie.

Die Frauen des Orients sind, was ihren Körper betrifft, viel ehrlicher als wir Mädchen aus dem Okzident. In Indien, in Arabien, in Nordafrika sind die Frauen dem Leben der Sinnlichkeit zugeneigt. Es beginnt für sie in einem frühen Alter, ja sogar schon als Kind wird sie Zeugin der unbefangenen Fleischeslust, der um sie herum gefrönt wird. Ist sie ein armes Kind, sieht sie es in den Straßen, lernt sie es von kleinen Jungen, die ebenso ungehemmt sind wie sie. Ist sie reich, lernt sie die Sinnlichkeit von den Dienerinnen.

Der maßlose Genuß von Aphrodisiaka wird zu einer Lebensgewohnheit – natürlich wird es ein kurzes Leben wegen des Zolls, welcher der Gesundheit durch diese Luststeigerung abgefordert wird.

Vielleicht liegt es an der Grausamkeit ihrer Existenz, die diese fernöstlichen Frauen zwingt, ihrem eigenen Körper soviel Aufmerksamkeit zu widmen. Die Sitte des Harems, in dem eine große Anzahl von Frauen zusammengesperrt werden, lediglich bedient von Eunuchen und als Mann nur ihren Herrn und Gebieter (und wie oft kann er die Runde machen?) hat dem bereits bestehenden Problem nur einen Hauch von Luxus verliehen.

Viele dieser Frauen werden Bauchtänzerinnen in Kneipen, wo sie ihre Tanztechnik anwenden, um entweder Frauen oder Männer auf sich aufmerksam zu machen. Wenn kein Mann zur Verfügung steht, gehen sie auch bereitwillig mit einer anderen Frau ins Bett. Es ist eine alte Tatsache, daß viele fernöstliche Frauen bisexuell sind, also weder ausschließlich heterosexuell noch ausschließlich lesbisch.

In China ebensogut wie in Indien und Arabien.

Shan war keine Ausnahme von dieser Regel. Sie genoß ihren Körper, sie liebte die Empfindungen, die durch die Betätigung in der Liebe ausgelöst wurde, sei es Mann oder Frau. Sie war die Schwester des ›Nautch Girls‹, der Zigeunerinnen von Kairo und Alexandria, der *ghauzeeyahs*, die in Privatetablissements nackt vor ihren Gästen tanzen und sich dann dadurch, daß sie mit ihnen schlafen, ein paar Dinars dazuverdienen. Sie war die *aulimeh*, bewandert in jeder Form erotischer Befriedigung. Was mit einer Frau getan werden konnte und was zwei Frauen miteinander tun konnten, das wurde auch von uns beiden getan.

Wir sanken auseinander. Shan blieb keuchend liegen,

starrte blindlings zur Decke empor. Mir wurde klar, daß ich von diesem verdammten Foltertisch befreit war. Es war mir zuwider, das Mädchen, mit dem ich vor ein paar Augenblicken so intim gewesen war, schlecht behandeln zu müssen, aber mein Job bestand schließlich aus Spionage. Dort lernt man frühzeitig, kein Gewissen mehr zu haben. Sonst . . .

Ich richtete mich auf Hände und Knie auf und lächelte auf Shan hinab. Dann schlug ich ihr mit der Handkante gegen die Schläfe.

5. Kapitel

Ich trat über die unbeweglich daliegende Shan weg und krümmte die Finger. Ich mußte schnelle Arbeit leisten, denn Tz'u Hsi und seine Muskelmänner würden sich innerhalb von Sekunden auf mich stürzen, wenn Wu auch nur einen hörbaren Laut von sich gab. Ich stellte mich unmittelbar hinter die geschlossene Tür.

Shan lag außer Sichtweite für jeden, der eintrat. Wu würde den Kopf wenden müssen, um sie zu erblicken, aber den Foltertisch hatte sie klar vor Augen. Würde sie einen Schrei ausstoßen, wenn sie sah, daß ich nicht mehr darauf lag? Würde sie durch die Tür zurückweichen und nach Tz'u Hsi schreiend den Korridor entlanglaufen? Ich spürte, wie es mir eiskalt über den Rücken lief.

Das Risiko mußte ich auf mich nehmen. Ich sagte mir, ich sei nun von diesem verdammten Tisch befreit und nichts könnte mich dazu bewegen, mich dort ein zweitesmal anschnallen zu lassen. Wenn es so weit kam, war ich tot und erledigt, das wußte ich. Ich krümmte und spannte erneut die Finger. Was ich mit Klein Wu vorhatte, bedurfte perfekter Ausführung.

Ganz leise hörte ich das ›Schlapp-schlapp‹ ihrer Sandalen. Ich machte mich sprungbereit.

Der Türknauf drehte sich, die Tür ging auf. Wu kam mit

einem verzerrten kleinen Grinsen auf dem Schmollmund ins Zimmer geschlendert.

»Das hast du nun, du Luder«, sagte sie im Plauderton zu der bewegungslosen Shan. »Du hast das kapitalistische Schwein befreit, bist dafür um die Ecke gebracht worden und –«

Was los war, wurde ihr einen Augenblick, bevor mein nackter Fuß sie unmittelbar unter dem Rippenbogen traf, klar. Sie würgte und klappte zusammen. Sprechen konnte sie nicht. Alle Luft war ihr aus den Lungen entwichen.

Ich schlug ihr mit der Handkante gegen den Hals. Während sie stürzte, stieß ich ihr das eine Knie gegen die Schläfe. Dann warf ich mich auf sie und knallte ihr einen Karateschlag gegen die Kehle.

Ich schleppte sie außer Sichtweite.

Tz'u Hsi kam als nächster. Ich hatte das sichere Gefühl, daß er in diesem frühen Stadium meiner Folter allein kommen würde. Wahrscheinlich plante er eine erneute Vorführung mit Wu. Oder vielleicht diesmal mit Shan. Ich wußte es nicht und es war mir auch egal. Mir lag lediglich daran, den D.R.A.G.O.N.-Mann zwischen meine begierigen Finger zu bekommen.

Er kam allein. Er öffnete die Tür und trat ein.

Ich mußte um den Türrand herumgreifen, um ihn zu erwischen. Ich glaube, er witterte das sprichwörtliche *mus decumanus*. Aber Ratte oder nicht, er witterte es nicht rechtzeitig.

Hart schlug ich ihm meine keilförmig gegeneinandergelegten Finger in die Kehle.

Er ging zu Boden wie ein gefällter Ochse. Ich schloß die Tür und schleifte ihn zum Foltertisch. Dort schnallte ich ihn an. Als er die Augen öffnete, sah er eine Bambusrute in meinen Händen.

Seine Augen wurden groß und quollen über der Bandage über seinem Mund hervor. Er gab einen rauhen, tief aus seiner Kehle dringenden Laut von sich und versuchte sich von den Riemen zu befreien. Er riß daran, aber sie gaben nicht nach.

»Ich kann dich in Fetzen schlagen, Honey«, sagte ich und

ließ die Rute in der Luft zischen. »Nun sei ein guter Junge und erzähle mir, was ich wissen möchte – sonst bleibt dir nicht mehr viel Männlichkeit übrig, um die Mädchen zu erfreuen.«

Ich schlug ihm leicht in die Lendengegend, ohne ihn zu verletzen. Tz'u Hsi war ein ausgekochter Knabe. Er wußte, daß es mir ernst war.

Er nickte. Ich fragte: »Wie kommt Miguel Sorolla in die Vereinigten Staaten? Und Joe Hoskins?«

Der Knebel blieb in seinem Mund. Ich stellte Fragen, die er mit einem Nicken oder Kopfschütteln beantworten konnte. Es dauerte eine halbe Stunde, aber als ich fertig war, wußte ich, was ich wissen mußte.

Der Mann aus Macao flog mit Quantas am nächsten Morgen nach Tokio. Von Japan aus sollte er über den Pazifik mit der Northwest Orient nach Seattle fliegen. Danch war er auf sich selbst angewiesen. D.R.A.G.O.N. war nicht an seinen Methoden und Mitteln interessiert, sondern nur an dem Resultat.

Ich verstand nun den Aufschub von drei Tagen bei Major Blake. Er war bei dem Meuchelmord-Wettspiel als zweiter eingetroffen. Mike Sorolla aus Macao hatte gewonnen, deshalb sollte er am folgenden Morgen nach Tokio fliegen und anschließend von Japan in die Vereinigten Staaten.

Major Blake hätte zwei Tage warten sollen, um dann mit der B.O.A.C. auszufliegen. Nur war er jetzt tot und von der Liste gestrichen.

Sorolla hatte einen beträchtlichen Vorsprung vor Joe Hoskins, der in einer Erster-Klasse-Kabine der »Saigon Queen« einen Tag später von Hongkong aus nach Hawaii und San Francisco in See stechen sollte.

Allmählich begann sich alles ein wenig zu klären.

Meine Aufgabe bestand nun darin, mich mit Miguel Sorolla in Verbindung zu setzen, ihn zur Strecke zu bringen und mich dann an Hoskins ranzumachen. Der Major war ja bereits von der Bildfläche verschwunden.

Ich blickte auf Tz'u Hsi hinab und fragte mich, ob ich ihn umbringen oder nur bewußtlos liegen lassen sollte. Es gibt eine Regel bei L.U.S.T., der zufolge ein sympathischer Agent ein toter Agent ist. Also legte ich meine Hände um seinen Hals ...

Ich hatte keine Ahnung, wo meine Kleider waren. Möglicherweise hatte jemand sie in den Abfallschacht hinuntergeworfen. Ebensowenig wußte ich, wo ich mich befand. Auf Zehenspitzen schlich ich zur Tür und spähte hinaus.

Niemand da. Ausgezeichnet.

Ich rannte auf bloßen Füßen den Korridor entlang und zwar völlig lautlos. Vermutlich hatten Shan oder Wu irgendeinen Ort, an dem sie sich vor ihrer Folterarbeit auszogen. Ich mußte nur herausfinden, wo das war. Nach einigen Augenblicken der Besorgnis fand ich ihn auch.

Es war der vierte Raum, in den ich hineinblickte. Ich stürzte mich auf einen toffee-farbenen Cheongsam, ließ meine üppigen Kurven hineingleiten und merkte sofort, daß er drei Nummern zu klein war. Als ich mich im Spiegel erblickte, mußte ich grinsen. Ebensogut wie dieses dünne Leinending wäre völlige Nacktheit gewesen.

Na ja. Sollte jeder, dem es Spaß machte, sich mal eine wirkliche Frau ansehen. Ich klatschte mir auf die Hüften, strich mein herabfallendes Haar zu etwas zurecht, das auf Anhieb als Frisur gelten konnte und trottete hinaus, um der Welt ins Antlitz zu blicken.

Glücklicherweise befand ich mich, wie sich herausstellte, im Keller von Tz'u Hsis Villa auf The Peak. Ich hatte keine blasse Ahnung, wo Sung oder die beiden Knaben waren, mit denen ich vor nicht allzu langer Zeit gerauft hatte, aber es war mir auch egal. Vielleicht nahmen sie ihren Lunch ein. Lunchtime war es jedenfalls, versicherte mir mein Magen.

K'u-hsien leistete ihnen wahrscheinlich bei einer Reisschüssel Gesellschaft, denn das Mondtor war unbewacht. Ich öffnete einfach den Riegel und ging auf die Straße hinaus. Dann begann ich zu rennen.

Aus Hongkong mußte ich in rasender Eile verschwinden. Es würde ein solches Gezeter geben, wenn Wu und Tz'u Hsi tot aufgefunden würden, daß jedes Fenster in den westlichen Konsulaten zittern, klirren und rattern würde. Ich mußte mich aus dem Staub machen, bevor ein kluger Rotchinese auf den Gedanken kam, nach mir Ausschau zu halten.

Ich wurde im Wagen einer dünnen Engländerin mitgenommen, die mich ob meines unanständigen Aufzugs schalt. Ich versicherte ihr, ich hätte mir das erste erreichbare Kleidungsstück schnappen müssen – was schließlich stimmte – um meine Ehre vor den Nachstellungen eines Playboys zu schützen. Es war eine geringfügige kleine Lüge, aber sie erfüllte ihren Zweck. Die Lady setzte mich vor dem U.S.-Konsulat ab.

Ich teilte der entzückenden Blonden am Empfangspult alles Notwendige mit und gleich darauf trat ich in ein Büro, wo mir ein Mann in einem grauen Flanellanzug, nachdem ich ihn über meine Mission aufgeklärt hatte, versicherte, ich würde ein Ticket für die B.O.A.C. bekommen, mit der Miguel Sorolla das Land verlassen sollte.

Ich lächelte. »Sie sind hübsch gründlich.«

Er wandte, während er redete, keinen Blick von meinen Schenkeln. Ich hatte die Beine übereinandergeschlagen und ließ vermutlich einiges an Haut sehen. Jedenfalls bestrich er förmlich meine Schenkel und Hüften mit den Augen, aber sein Gesichtsausdruck blieb unverändert. Ich mag diese höflichen Männer gern, man fühlt sich als Mädchen wohl bei ihnen.

Der Vizekonsul teilte mir mit, daß er jemand in mein Apartement geschickt habe, um mein Gepäck zu holen. Ich sollte direkt zum Flughafen fahren.

Ich bewegte meine Hand vor mir auf und ab, um seine Aufmerksamkeit auf die Enge des Cheongsams zu lenken. Der Vizekonsul war ein Busen-Spezialist. Er konnte den Blick nicht von meinen Hügeln losreißen. Na ja. Schließlich lag das Leinen dicht an und selbst die Knospen drückten sich deutlich ab, zumal ich keinen BH anhatte. Aber der Mann war höflich, ich hatte also wirklich nichts dagegen.

»Ihre Kleider? Oh, ja. Nun –«

»Ich kann ja wohl schlecht so wie ich bin, an Bord des Flugzeugs gehen!«

»Sehr schade, sehr schade ... ah, ich meine natürlich ja. Da müssen wir was unternehmen, nicht wahr?«

Seine Stimme klang bei dem Gedanken, ich könnte irgend etwas anderes anziehen, so traurig, daß ich lachte. Wenn ich mehr Zeit gehabt hätte, hätte ich sicher einen Mordsspaß mit ihm haben können.

Eine Sekretärin wurde nach Hause geschickt und lieferte ein blauweißes Dacronkleid. Ich schlüpfte hinein. Es saß sehr eng, beinahe so eng wie der Cheongsam. Aber es mußte genügen.

Draußen wartete der Wagen auf mich. Er fuhr mich durch den Verkehr der Victoria City zur Fähre und setzte mich dann am Flughafen ab. Ich holte meine Flugkarte ab, bekam eine Platznummer und strebte dem Warteraum zu.

Die V.C. 10, mit der ich nach Tokio fliegen sollte, wurde wegen einer kleineren Motorreparatur aufgehalten, wie uns per Lautsprecher mitgeteilt wurde. Ich sah mich nach Miguel Sorolla um, die Aufnahme, die Lucy Changs Freund gemacht hatte, im Gedächtnis. Er war nirgendwo zu sehen. Aber Tz'u Hsi hatte doch gesagt, er würde diesen Flug benutzen.

Man teilte uns mit, daß der Motor nun in Ordnung sei und daß die Reisenden für Flug 48 sich zu Steig 3 begeben sollten. Nach wie vor war der Mann aus Macao nicht in Sicht. Ich reichte mein Ticket dem Mann an der Sperre. Er prüfte es und winkte mir, weiterzugehen.

Ich ließ mich auf Platz 12 neben dem Fenster fallen.

Die Maschine flog erst in zehn Minuten ab. Ich benutzte die Zeit, um jeden meiner Mitreisenden genau zu prüfen. Ein paar der Männer dachten, ich versuchte mit ihnen anzubändeln. Kein Macao Mike.

Die V.C. 10 glitt die Rollbahn entlang ohne mein Opfer.

Ich lehnte mein goldenes Haupt gegen die Kopfstütze, rückte meinen Sitz zurecht und versuchte zu schlafen. Im Augenblick konnte ich nichts anderes tun. Ich war überzeugt, daß sich der Konsul mit L.U.S.T. in Verbindung setzen würde, denn zu diesem Zeitpunkt mußte er bereits wissen, daß Sorolla sich nicht an Bord der Maschine befand.

Ich schlief. Der Flug nach Tokio von Hongkong aus ist ein Direktflug über Formosa und die Ryukyu-Inseln. Er dauert ungefähr vier Stunden. Ich schlummerte die ganze Zeit.

6. Kapitel

Ein Taxi wartete am Haneda-Flughafen auf mich. Der Fahrer war ein uniformierter Japaner. Er geleitete mich unter Verbeugungen durch das Flughafengebäude, manövrierte mich unter Verbeugungen auf den Rücksitz und verstaute unter Verbeugungen mein Gepäck neben mir.

Dann fuhr er mich die Schnellstraße entlang, vorbei am Hafen und dem Hama-Garten zu meiner Bleibe, dem üppigen Luxushotel Imperial, einem dieser durch und durch modernen Bauten, die mit Hinblick auf die Olympiade 1964 entstanden sind.

Tokio ist angeblich die größte Stadt der Welt, sie hat über zehn Millionen Einwohner. In den Jahren seiner Gründung unter dem Samurai-Krieger Dokan Ota im sechzehnten Jahrhundert, war es unter dem Namen ›Edo‹ bekannt. Es lag an einem schönen Fluß, dem Sumida, und hatte einen ausgezeichneten Hafen, der Handel und Industrie anzog. Schon zu Beginn des achtzehnten Jahrhunderts beherbergte es eine Million Menschen in den kleinen Holz- und Papierhäusern.

1868 wurde der Name Edo in Tokio umgeändert und es wurde die Hauptstadt der japanischen Inseln. Die Leute hielten sich für eine überlegene Rasse, da sie von Mongolen abstammten, die in der Mitte des siebten Jahrhunderts vor Christus in Japan eingedrungen waren. Ihr Herrscher war ein Gott und ihre Gebete wurden in den Tempeln ihrer Götter und Göttinnen erhört, wie ihre Shinto-Religion sie lehrte.

Lange zuvor, im sechzehnten Jahrhundert, kamen zusammen mit britischen und holländischen Kaufleuten Portugiesen und Missionare, um eine Weile in Japan zu bleiben, bis Iyeyasu Tokugawa, der damalige Beherrscher des Landes der aufgehenden Sonne, entschied, daß durch die fremden Teufel zuviel Gärstoff in sein Reich gebracht wurde. Also wurden die Fremden hinausgeworfen und die Japaner, die Christen geworden waren, wurden gekreuzigt.

Zwei Jahrhunderte lang blieb Japan dann so geheimnisvoll wie die Venus, bis Admiral Perry mit seinen amerikanischen Kriegsschiffen anrückte und der Bambusvorhang, den Iyeyasu Tokugawa damals vor Japan herabgelassen hatte, für alle Zeiten zerrissen wurde. Japan wurde Bestandteil der industriellen Revolution und nach dem Zweiten Weltkrieg nahm es vollends den westlichen Stil und westliche Sitten an.

L.U.S.T. hatte dafür gesorgt, daß ich im Hotel Imperial, im Herzen des Akasaka Distrikts unterkam. Es hatte einen Swimmingpool, einen japanischen Garten mit Papierlaternen, gurgelnden Springbrunnen und flechtenüberwucherten Bäumen. Es war ein kleines Paradies. Zu meinem Pech mußte das Paradies demnächst von einem Teufel namens Miguel Sorolla heimgesucht werden, und es war meine Aufgabe, diesen Teufel in die Hölle zu schicken.

Ich nahm eine Suite für den Fall, daß sich jemand von der Botschaft mit mir in Verbindung setzen wollte. Dann setzte ich mich hin und telefonierte mit Hongkong. Mein Freund, der Vizekonsul, meldete sich in angemessen entschuldigendem Ton. Es hatte ein Durcheinander gegeben. Miguel Sorolla hatte auf eine spätere Maschine umbuchen lassen. Man hatte gesehen, wie er eine Kamera gekauft hatte. Diskrete Nachforschungen hatten ergeben, daß der Mann aus Macao ein leidenschaftlicher Fotograf war.

Mir fiel plötzlich ein, daß er auf dem durch Lucy Changs Detektivfreund aufgenommenen Schnappschuß eine deutsche Rolleiflex an einem Lederriemen um den Hals getragen hatte. Anscheinend reichte ihm das nicht aus, denn er hatte auch noch eine in der Schweiz hergestellte Hasselblad gekauft. Man soll bekanntlich nicht die Kücken zählen, bevor sie ausgebrütet sind! Die Hasselblad mußte ihn siebenhundert Dollar gekostet haben.

Mir fiel auch ein, daß man in Japan Mädchen in jeder Sorte Kleidung und Wäsche oder auch ohne beides fotografieren kann. Die Japaner sind sehr großzügig, was Sex betrifft. Sie wissen, daß es das gibt und anstatt es zu negieren wie in westlichen Ländern, stellen es die Leute auf der Insel hübsch deutlich sichtbar in den Vordergrund.

Man kann in Hunderte von Läden gehen und Gummigegenstände kaufen, die ein Mann über sein Glied ziehen kann – ich meine damit keine Präservative –, die praktisch dafür garantieren, daß seine Freundin beachtliches Vergnügen empfindet. Sie werden ganz offen feilgeboten. Sie sind sogar in der Auslage zu sehen. Man kann in Strip Shows gehen, man kann liebenswürdige Hostessen einladen, die es als Verlust ihres Gesichts empfinden, wenn man sie nicht ausreichend begehrenswert findet, um mit ihnen ins Bett zu kriechen. Man kann auch Aufnahmen machen, wenn man das als seine starke Seite empfindet.

Es gibt Etablissements, in denen Frauen für einen Fotografen in jeder beliebigen Pose Modell stehen, solange dafür die entsprechende Summe bezahlt wird. Wenn Miguel Sorolla seinen Flug aufschob, um sich eine Kamera zu kaufen, so erschien es meinem Kleinmädchenverstand logisch, daß er sie bei seinem Aufenthalt in Tokio benutzen wollte. Und zwar kaum für Aufnahmen des Meiji Schreins.

Klar, es war eine Spekulation. Aber ich hatte schon gewagtere angestellt.

»Wann kommt der Bursche?« fragte ich.

»Morgen nachmittag mit der O.A.C., Flug 345. Wenn er

seine Pläne noch einmal ändert, werde ich mich mit Ihnen in Verbindung setzen.«

Offensichtlich rechnete Macao Mike damit, viel Zeit für Spiel und Spaß zu haben. Vielleicht wußte er, daß Major Blake tot war, vielleicht auch nicht. Wenn er es wußte, so mußte ihm klar sein, daß sein einziger Konkurrent für den Bonus sich auf einem langsamen, von China kommenden Schiff befand. Warum also sollte er sich nicht amüsieren?

Ich legte auf und rief im Hotelbüro an. Ich wollte einen Führer haben, vorzugsweise einen weiblichen. Ich erkärte dem zuständigen Mann, daß ich jemand brauchte, der sich in der Stadt auskannte. Seinem nervösen Gekicher entnahm ich, daß er mich für eine Lesbierin hielt.

Das Mädchen klopfte eine halbe Stunde später an meine Tür. Die Kleine war sehr hübsch. Ihr Name war Yoko Akisuri und sie hatte sich bereits halb die Bluse ausgezogen, bevor ich ihr klarmachen konnte, daß dies nicht ganz das sei, was ich vorhätte. Ihr Gesicht zog sich in die Länge und sie sah beinahe wie eine Harakiri-Kandidatin aus.

»Sie nicht mögen Yoko?« fragte sie mit mitleiderregender Stimme.

Glücklicherweise fiel mir rechtzeitig ein, daß das orientalische Gemüt dazu neigt, unter ›Verlust des Gesichts‹ zu leiden, selbst wenn es sich um eine Bagatelle wie die handelt, daß jemand nicht mit einem Mädchen ins Bett gehen möchte. Ich versicherte ihr hastig, doch, sie gefiele mir.

»Ich finde Sie sehr hübsch und außerordentlich sexy«, sagte ich schnell. »Sie sind eine richtige Puppe.«

»Keine Puppe«, sagte sie, tapfer lächelnd. »Wirklich Mädchen. Sehen Sie.«

Sie hob ihren Western-Stil-Rock bis zum Nabel hoch. Darunter trug sie einen hellroten Strumpfgürtel und dunkle Nylons. Ihre Beine waren bildschön und sie hatte sich sehr sorgfältig rasiert.

»Ja, tatsächlich.« Ich schluckte, starrte sie an und erinnerte mich an Shan.

Sie war völlig unbefangen in ihrem Exhibitionismus. Nacktheit ist für Japaner nichts, dessen man sich zu schämen hat, sofern man über eine gute Figur verfügt. Yoko Akisuri hatte eine prachtvolle Figur. Ich konnte sehen, wie hervorragend sie vom Nabel an abwärts war und so wie ihre Brüste sich in den durch die geöffnete Bluse sichtbaren BH preßten, war anzunehmen, daß der Rest ebenso exquisit war.

»Sie jetzt gehen ins Bett mit mir, he?« lachte sie.

»Wie wär's mit ein bißchen später, Honey?« bat ich voller Mitgefühl mit ihr.

»Was wollen Sie denn dann?« fragte sie verblüfft.

Ich versuchte ihr zu erklären, daß ich gern Aufnahmen machen würde. »Sie kennen doch sicher Orte, an denen ich Mädchen fotografieren kann. Soviel ich gehört habe, gibt es hier in der Stadt eine ganze Menge.«

Sie starrte mich an, als ob mir plötzlich mitten auf der Stirn ein Auge gewachsen wäre. Yoko konnte einfach nicht verstehen, weshalb ich Aufnahmen von Mädchen machen wollte, wo sie hier an Ort und Stelle war, um sich ganz allein für meine Augen auszuziehen.

»Sie mich fotografieren«, verkündete sie schließlich munter. »Ich gut posiere. Ich kenne Orte, wo Fotos machen, ja. Ich besser posiere als sie.«

Ich gab es auf. »Hören Sie, Honey. Ich habe einen Ehemann, verstehen Sie? Er ist mir weggerannt. Er geilt sich auf, indem er Fotos von nackten Frauen macht. Verstehen Sie? Ich nehme an, daß er in einem dieser Dinger ist, wo man das tun kann. Ich möchte ihn finden.«

Yoko blickte enttäuscht drein und ließ ihren Rock fallen. »Sie nicht mögen Yoko dann. Yoko gehen.«

»Ich mag Sie, wirklich«, beharrte ich.

Ihre Unterlippe begann zu zittern. Ich zuckte innerlich die Schultern und sagte mir, daß ich schon größere Opfer für Uncle Sam gebracht hatte. Also ging ich zu ihr hin und schob ihr die Bluse über die Arme herab. Ich legte die Hände auf ihre Brüste und schüttelte sie leicht. Ihre Augen wurden glänzend. Ich zwickte sie in die Knospen und stellte fest, daß sie für eine Orientalin hübsch groß waren.

»Aha!« rief sie, »du reizen Yoko.«

Ich mußte lachen, legte die Arme um sie und drückte sie an mich. Sie war kleiner als ich und ihre Brüste preßten sich gegen meinen unteren Rippenbogen.

»Du alberne Gans«, sagte ich. »Gut, gut. Du und ich, wir gehen später ins Bett, okay, okay. Aber im Augenblick – verdammt – muß ich in diese Fotosalons gehen.«

»Ah so«, rief sie, »wir sehen andere Mädchen und reizen uns, ja? Wir sehen Frauen und –«

Sie fuhr fort, sich mit größter Offenheit über die weibliche Anatomie auszulassen. Wenn ich noch hätte erröten können, so hätte ich es jetzt getan. So konnte ich nur nicken und ihre Munterkeit bewundern.

»Jetzt hast du begriffen, Honey«, sagte ich. »Du hast ganz recht. Wir werden eine tolle Tour durch Tokio machen und werden einander nach Strich und Faden verrückt machen.«

Sie nickte mit dem hübschen kleinen Kopf. »Yoko wissen gute Plätze. Kennen auch Mädchen. Sie tun alle hübschen Sachen, machen uns heiß.«

Um Himmels willen, dachte ich. Meine Phantasie überschlug sich förmlich bei einigen der Dinge, die ihre Freundinnen angeblich vor einer Kamera aufführten. Mir fiel ein, daß ich keine Kamera besaß. Aber das konnte ich mit Hilfe meiner Kreditkarte in Ordnung bringen.

Es war später Nachmittag. Ich war ziemlich müde, aber wenn Miguel Sorolla morgen ankam, mußte ich heute abend die Fotosalons aufsuchen. Ich brauchte zudem eine Menge Aufnahmen von ihm, die ich herumreichen konnte.

Yoko nickte, als ich ihr erklärte, was ich brauchte. Sie warf mir einen seltsamen Blick zu und dachte offenbar, daß dieser Bursche unmöglich mein Mann sein konnte, sondern viel eher ein durchgegangener Liebhaber, den ich suchte. Ich ließ sie denken, was sie wollte, solange sie nur hundert Abzüge anfertigen ließ.

Sie trollte sich, um das zu erledigen. Ich rief am Empfang unten an und erkundigte mich dort, wo ich eine gute Kamera kaufen könne. Der Laden war nur zwei Häuserblocks weit entfernt, also ging ich zu Fuß dorthin und kaufte mir eine japanische Minolta Autocord L mit Doppellinse und dazu ein Dutzend Farbfilme.

Noch bevor Yoko eintraf, war ich wieder im Hotel.

Zehn Minuten später platzte sie aufgeregt ins Zimmer. Sie hatte alle Vorbereitungen getroffen, welche die Dienste eines sehr berühmten Aktmodells, Hatsu Odoni, umschlossen.

»Was ist denn so großartig an ihr?« fragte ich.

»Hatsu Odoni eine Wucht mit Jungens«, erklärte sie mir mit einem Laut des Bedauerns ob meiner Unwissenheit, »und auch Wucht mit Mädchen.«

Also bisexuell. Na schön.

Es gibt viele Märkte in Tokio. Den Aihabara, wo Gemüse verkauft wird, den Tzukuji-Markt, wo man Fisch ersteht. Im Ueno Distrikt kommen die Fotoenthusiasten zu ihrem Recht. Aber Tokio ist eine kosmopolitische Stadt, sie bietet nach Sonnenuntergang viele Ablenkungen selbst für denjenigen, der mit Übereifer seinem Ziel zustrebt.

In den alten Zeiten gab es den Yoshiwara, der seine Tore im Beginn des siebzehnten Jahrhunderts öffnete. Es war ein fast ausschließlich dem Sex vorbehaltener Distrikt. Seine Glanzzeit erlebte er vom letzten Viertel des siebzehnten Jahrhunderts an bis Anno 1775. Dann begann ein langsamer, aber steter Verfall, bis ihm die amerikanischen Besatzungstruppen im Jahr 1958 vollends den Todesstoß versetzten.

Heute hat die Ginza – vielleicht raffinierter und zugleich heuchlerischer – den Yoshiwara Distrikt als Brutstätte des Vergnügens verdrängt. Es gibt auch noch andere Bezirke, in denen ein Mann zu seinem Amüsement hingehen kann, aber viele von ihnen sind auf die Einheimischen beschränkt.

Die Papierlaternen der Vergangenheit sind aus der Ginza verschwunden. Statt dessen gibt es dort die Neonlampen, hell und weiß und mit einem japanischen Symbol in glänzendem

Rot oder Schwarz mitten in dem Lichtrechteck. Bars, Clubs und Steakrestaurants, alle preisen sich mit Neonlicht an. Es färbt die Nacht in Tokio bunt, es verleiht den Fruchtbarkeitsriten, die in den umliegenden Häusern praktiziert werden, einen Hauch von Märchenland.

Dort sieht man keinen Obi und keinen Kimono mehr. Da sind Mädchen in engen Pullovern, die ihre Brüste betonen, ebenso knapp sitzende Röcke, um das Popöchen zur Geltung zu bringen, Nylonstrümpfe und Schuhe mit hohen Absätzen. Dies sind die modernen Geishas und sie haben es nicht nötig, eine so langwierige Lehrzeit durchzumachen wie die Süßen aus alter Zeit. Jedes Mädchen in der Ginza bekommt heute von Geburt mit, was es braucht.

Yoko kannte sich aus. Sie ließ den Taxifahrer halten, ich bezahlte und dann schleppte sie mich auf eine große Doppeltür zu, die von einem großen Neonschild erhellt war, das mich vage an die Bezirke der roten Lampen in den Vereinigten Staaten erinnerte.

»Gut hier«, sagte sie und nickte.

Ich erinnerte sie an meinen Freund, meinen Ehemann.

»Oh, ja. Nicht vergessen Ehemann-san.«

Ein schlanker junger Mann stand am Empfangstisch, als wir eintraten. Er lauschte auf den Strom von Worten, mit dem Yoko Akisuri ihn überflutete. Ein- oder zweimal nickte er. Dann wollte er das Bild sehen. Ich gab ihm eines von den hundert, die Yoko für mich hatte abziehen lassen und dazu ein verdammt großzügiges Trinkgeld von zehn amerikanischen Dollar oder dreitausend Yen.

Yoko drehte sich um und marschierte hinaus.

»He, was ist mit den Fotos? Hat man hier nichts dagegen, wenn wir keine Aufnahmen machen?«

»Wir machen Fotos, sicher. Nicht hier. Gehen an guten Ort. Mädchen tun dort viele tolle Sachen. Macht uns heiß. Aber erst Geschäft fertigmachen.«

Ich brachte meine Bilder von Miguel Sorolla bei ungefähr zwanzig Fotosalons an, in denen der Mann aus Macao auftauchen konnte. Genau wie die Bordells und Massagesalons verfügen diese Fotosalons über ein gewisses Kastensystem. Manche sind für ausländische, manche für einheimische Produkte zuständig. Wenn Miguel Sorolla in Tokio Aufnahmen machen wollte, so mußte er fast zwangsweise zu einem dieser zwanzig Etablissements kommen.

Schließlich stieß Yoko einen tiefen Seufzer aus. »Arbeit fertig. Jetzt Spaß.«

Wir gingen in ein niedriges Gebäude, das von beträchtlicher Länge war. Yoko gab mir zu verstehen, daß der Cho Cho Camera Club nur über die feinste Klientel verfüge. Man bezahlte zehntausend Yen – dreißig Dollar – und konnte dann frei Mädchen, Hintergründe und Zeitdauer bestimmen.

»Wir nicht in Eile, wir haben Spaß«, sagte Yoko und streckte mir die Hand hin. Ich häufte eine Menge Yen hinein.

Yoko bezahlte den Tarif – zehntausend Yen – plus dreitausend weiteren als Trinkgeld und dazu ein Bild von Miguel Sorolla für den Manager. Der Japaner winkte uns zu und Yoko stolzierte vor mir her durch einen Vorhang mit Metallperlen, die melodisch klingelten, als sie gegeneinander schlugen.

In dem großen Raum gleich hinter der Eingangshalle hielt sich ein halbes Dutzend Mädchen auf. Yoko musterte sie mit geschürzten Lippen und aufmerksamem Blick. Ich fühlte mich wie ein einfältiges Kind mit seiner Mutter. Dann kicherte sie plötzlich und klatschte in die Hände. Eine Tür hatte sich geöffnet und ein siebtes Mädchen war eingetreten.

»Hatsu! Hatsu!« rief Yoko.

Hatsu kam lächelnd herüber. Sie war wirklich eine lebende Puppe. Ungleich vielen ihrer japanischen Schwestern hatte sie große, feste Brüste. Ihre Hüften waren gerundet und ihre Beine unter dem Minirock waren selbst nach westlichem Maßstab gut geformt.

»Wir gehen zu ihr«, sagte Yoko, nachdem sie mich vorgestellt hatte.

Wir gingen den Korridor entlang in einen winzigen Garten, in dem sich eine Menge großer Steine befand. Von einem Rohr rieselte Wasser über diese Felsen und besprühte Farne und anderes tropisches Grünzeug, das vor dem Hintergrund einer großen, schmiedeeisernen Laterne wuchs.

Ich blickte ein bißchen verdutzt drein. Yoko kicherte und erklärte, wir würden alles durchspielen, von Beginn an. Wenn dafür etwas extra bezahlt werden müsse, so könne ich das beim Hinausgehen erledigen.

Yoko kniete vor Hatsu nieder und hob ihren Minirock. Hatsu trug nichts darunter. Sie lächelte mir zu und drehte sich langsam, so daß ich ihre rasierte Schamgegend, ein rundliches Hinterteil und zwei wirklich phantastische Beine bewundern konnte. Ihre Haut war fast weiß, wie die Haut so vieler japanischer Mädchen, hatte aber einen Hauch von blassem Gold, der wie leichte Sonnenbräune wirkte.

Yoko beugte sich vor, um sie zu küssen. Hatsu kicherte. Yoko wandte mir das Gesicht zu. »Mich fotografieren«, sagte sie. »Und Hatsu, ja.«

In Anbetracht der Stellung der beiden konnte ich kaum eine Aufnahme von einer machen, ohne die andere mit darauf zu bekommen. Ich knipste. Dann begann Yoko das andere Mädchen auszuziehen, wobei sie darauf achtete, daß die grünen Gewächse und die Laterne immer als Hintergrund dienten, womit die Farbe ihrer Haut stärker zur Geltung kam.

Nach ein paar Minuten war Hatsu pudelnackt. Ich war überrascht, festzustellen, daß sie keine schrägen Augen hatte. Yoko nahm sich die Zeit zu erklären, daß japanische Augen gar nicht eigentlich schräg geschnitten sind, sondern nur wegen einer Verdickung der Lider, der sogenannten Mongolenfalte, so aussehen. Diese schwere Falte kann vermittels einer einfachen Operation entfernt werden. Hinterher wirken die orientalischen Gesichter weitgehend okzidental, die Augen sind rund und groß.

Hatsu beugte sich vor, streckte mir den Po hin und berührte mit den Fingern die Zehen. »Fotografieren! Fotografieren!« rief Yoko.

Ich fotografierte immer weiter, während Yoko Hatsu die verschiedensten Stellungen einnehmen ließ – stehend, kniend, geduckt, vornübergebeugt, was Sie wollen. Hatsu genoß ihre Arbeit, aber vielleicht lag das auch an den federleichten Fingerspitzen Yoko Akisuris, die über ihren goldenen Körper glitten und die dem üblichen Modelljob erst Würze verliehen.

Dann klatschte Yoko in die Hände.

»Wir jetzt gehen Schlafzimmer«, erklärte sie.

Also zogen wir ins Schlafzimmer. Nun war es Hatsu, die Yoko nackt auszog und dabei Finger, Lippen und eine geübte Zunge benutzte, um sie für ihre eigenen Liebkosungen im Garten zu belohnen. Yoko schauerte vor Entzücken, als sie schließlich nackt dastand.

»Du gutes Bild machen?«

Ich hatte kein gutes Bild gemacht, denn ich hatte zu fasziniert die beiden Mädchen beobachtet. Da war eine Zartheit in der Berührung, ein Verständnis für den körperlichen Genuß der anderen, die zwei amerikanische Frauen niemals aufgebracht hätten.

Die Japaner betreiben Sexpraktiken mit einem hohen Maß an Einfühlungsvermögen. Da gibt es keine Heuchelei, keine kichernden Andeutungen, kein Schuld- oder Schamgefühl. Jeder Mensch hat Sex, jeder Mensch genießt diesen Sex – oder sollte ihn wenigstens genießen. Die Japaner hegen nicht das mit wieherndem Gelächter und hämischen Bemerkungen verbundene Interesse der meisten Abendländer; sie genießen Sex, aber sie sehen nichts Schmutziges darin.

Und so bearbeitete Hatsu Yoko, bis das arme Ding vor Entzücken keuchte und würgte; ihre Hüften bewegten sich so schnell, daß die fleischigen Pobacken bebten wie goldener Gelee. Ich betätigte die Kamera und nahm alles auf, wobei ich gleichzeitig selbst recht hübsch aufgeregt wurde. »Genug«, schluchzte Yoko und stieß Hatsu weg. »Genug!«

Das stimmte. In der nächsten Sekunde hätte ich mich selbst splitterfasernackt ausgezogen, um etwas von den zärtlichen Aufmerksamkeiten, die Hatsu dem Körper ihrer Freundin zukommen ließ, abzubekommen.

Yoko war klug. Sie lachte mir zu, streckte die dunklen Brustknospen wie winzige Feuerwerkskörper vor und sagte: »Du wirst heiß, ja? Ist gut, ja? Yoko weiß.«

Ich konnte nur nicken und ein paarmal tief Luft holen.

Nun sagte Yoko etwas auf japanisch. Hatsu nickte und ging zu dem niederen Diwan, legte sich mit gespreizten Beinen darauf und blickte über das goldene V, das ihre schlanken Schenkel bildeten, weg in die Kamera. Ihre Augen glänzten. Ihr Körper war erregt.

»Mach Kamera bereit«, sagte Yoko leise.

Vielleicht war die Kamera bereit, aber nicht ich. Hatsu begann ihren eigenen Körper zu liebkosen. Ihre rotlackierten Fingernägel glitten zu den steifen Brüsten hinab, strichen um sie herum, sie zupfte mit Zeigefinger und Daumen an den dunkelbraunen Knospen, brachte sich selbst in wilde Erregung.

Die Kunst der Selbstbefriedigung ist so alt wie der menschliche Körper selbst. Sie beginnt in der Kindheit und in manchen Gemeinschaften – zum Beispiel in Polynesien – werden die Kleinen von Eltern und älteren Leuten darin ermuntert. Bei diesem Sexspiel wird dem Körper keinerlei Schaden zugefügt, erklären die Psychologen. Die Schwierigkeiten stammen aus der Haltung desjenigen, der es vollzieht. Wenn bei ihm oder ihr durch diese Tätigkeit Schuldgefühle ausgelöst werden, dann kann sich leicht eine Psychose entwickeln, die auf den betreffenden Menschen in seinem späteren Leben einen maßgeblichen Einfluß haben kann.

Man weiß von Tieren, daß sie Masturbationstechniken huldigen, wenn jedoch ein Partner des anderen Geschlechts zur Verfügung steht, endet die Gewohnheit abrupt.

Exhibitionisten, die zum Genuß der Zuschauer in Aktion treten, sind in unserer westlichen Zivilisation auch nicht unbekannt. Für manche Männer und Frauen ist das eine Methode, selbst zur Befriedigung zu gelangen.

Ich stufte Hatsu in diese letzte Kategorie ein. Sie wand sich und schluchzte, während ihre Hände über den sich vorwölbenden Bauch weg zu den weitgespreizten Schenkeln glitten. Ihre Hüften begannen sich zu heben und zu senken.

Es gibt fast ebensoviel auto-erotische Techniken wie bei einem Koitus. Tamar aus der Bibel war berühmt für ihre diesbezüglichen Künste. Ich bezweifle, daß sich seit damals im Stil viel geändert hat.

Und Hatsu demonstrierte alle Techniken.

Ich hatte schließlich keinen Film mehr. Ich lehnte mich gegen die Wand und zitterte. »Bitte, bitte – sag ihr, es ist genug«, flehte ich. »Ich kann es nicht mehr ertragen.«

Yoko kam auf mich zu und küßte mich auf die Wange. »Du jetzt heiß? Du jetzt mit Yoko in Hotelzimmer gehen?«

Dazu war ich in der Tat bereit. Ich ließ mich aus dem Zimmer führen, wobei ich einen letzten Blick über die Schulter weg auf die nackte Hatsu warf. Sie lag, nur auf Fersen und Kopf gestützt, auf dem Diwan und ihr Körper vibrierte stetig. Allmählich kam mir der Gedanke, daß Hatsu eine eingefleischte Exhibitionistin war.

An der nächsten Straßenecke erwischten wir ein Taxi. Yoko zog mich über ihre Schenkel, als wir auf dem Rücksitz saßen, so daß mein Kopf gegen ihren weichen Bauch gepreßt war. Dann begann sie mich mit zarten Fingerspitzen zu streicheln, durch meine Kleidung hindurch. Innerhalb von Sekunden hatte sie es geschafft, daß ich keuchte und stöhnte.

Um ganz ehrlich zu sein, Miguel Sorolla hatte ich vollständig vergessen. Ob er nach Tokio kam oder nicht, ob er morgen mit seiner Kamera herumklicken würde oder nicht, während ich einen Kater nach einem lesbischen Exzeß ausschlief, es war mir egal. Alles, worauf es mir ankam, waren diese geschickten Fingerspitzen, die mich streichelten und kitzelten und mit mir spielten.

Einmal griff ich nach Yokos Hand und versuchte sie nach unten zu drücken, aber sie flüsterte wie eine Mutter, die mit ihrem Kind spricht: »Nein, nein, nicht jetzt. Später, später.«

Ich erinnere mich nicht mehr, wie ich aus dem Taxi kam. Ich ließ mich von Yoko Akisuri durch die Hotelhalle zum Aufzug führen. Ich glaube, ich kam erst wieder zu mir, als sich die Tür zu meiner Suite öffnete und ich mit meiner orientalischen Verführerin allein war.

Ich packte sie, küßte sie und vollführte in dem dunklen Wohnzimmer einen halben Ringkampf mit ihr. Sie beruhigte mich flüsternd, mahnte zur Geduld, nur Tiere seien überstürzt in ihrem Vergnügen.

Das geschah mir vermutlich recht. Ich zog mich zurück und knipste die Lampen an, deren rötliche Schirme einen rosigen Schimmer verbreiteten. Ich wußte, daß Yoko recht hatte, denn es entsprach meinen eigenen Praktiken. Meine Ungeduld schob ich Hatsus Vorführung beim Fotografieren und der Taxifahrt durch die Straßen Tokios zu.

Yoko lächelte besorgt und schien sich zu fragen, ob sie mich wohl beleidigt hatte. Ich lachte ihr, sämtliche Zähne zeigend, zu, um sie zu beruhigen. Sie kam zu mir, nahm mich in die Arme und gab mir einen gewaltigen, saftigen Kuß mit ihren bemalten Lippen.

Ihre Hände hoben meinen Rock, streichelten die Hinterseite meiner bestrumpften Schenkel und glitten dann höher, dahin, wo nacktes Fleisch war – so sanft, so lässig, daß ihre Berührung wie Wind war, der über meine Haut strich. Der letzte vernünftige Gedanke, den ich noch aufbrachte, war der, daß ich wirklich gut daran täte, einsam und allein zwischen die Bettlaken zu kriechen – daß aber andererseits dann Yoko Akisuri das Gesicht verlieren würde und ich brauchte die Dienste des Mädchens noch, um Miguel Sorolla zu finden.

Also ließ ich mir weiter von ihr die Schenkel liebkosen, dann meine Pobacken, wobei ich die Hüften wand und drehte, wie um diese kundigen Hände abzuschütteln; aber in Wirklichkeit ließ ich sie merken, daß ihre kunstvollen Zärtlichkeiten eine Woge der Lust in mir auslösten.

Sanft löste sie den Verschluß meines Rockes und half mir,

aus ihm herauszusteigen. Ihr Lob meiner Schönheit war überaus poetisch.

»Deine Schenkel sind wie weiße Weidenstämme, die im duftenden Wind schwanken, der vom Fujiyama herabweht! Dein Schoß ist wie der Stoff des schwarzen Seidenkimonos, der im Kyoto-Bach treibt, wo die Färber arbeiten! Dein Bauch ist wie die Saki-Schale aus weißem *Thsin-yao*-Porzellan, aus welcher der Trunk himmlischen Glücks getrunken werden kann.«

Sie kniete vor mir, ihre Hände glitten über ihren eigenen Körper, sie zog den Pullover über den Kopf, ließ ihren Rock hinabgleiten, sie verneigte sich in der traditionellen Ehrerbietung, aber ihre Augen hafteten auf den Teilen meines Körpers, die sie pries.

Mein Nabel war der Feenbecher, mit dem der Bonsai-Baum benetzt wurde, meine Brüste waren Zwillingsmonde des Entzückens und Begehrens, die allen Liebenden leuchteten.

Sie hatte wirklich eine Begabung, bei einem Mädchen angenehme Empfindungen wachzurufen.

Dann erhob sie sich von den Knien und ihre Kleider blieben auf dem Teppich liegen. Ihr Körper war schlank, aber Brüste und Hüften waren rundlich und der Goldschimmer ihrer Haut war so hell, daß sie fast weiß wirkte. Ihre Brustwarzen waren braune Kegel und das schwarze Vließ auf ihrem Unterbauch war säuberlich gestutzt.

Sie trat auf mich zu und ließ mich ihre Nacktheit spüren. Dicht gegen mich geschmiegt ging sie um mich herum und benutzte ihren eigenen Körper wie eine riesige Hand, die mich liebkoste.

Ich begann zu zittern.

Ich konnte meine Hände nicht mehr beherrschen. Ich griff nach ihren weichen Brüsten und vergrub die Finger in sie. Ich packte sie wild an. Ich schämte mich, aber ich konnte dieses quälende Spiel nicht länger ertragen.

Ich konnte nicht aufhören. Sie mußte es meinem Gesicht

ansehen, denn aus ihrer Kehle drang ein tiefer, gurrender Laut. Ihre Hände erfaßten meine eigenen Brüste und sie vergrub ebenso wie ich ihre Finger in sie.

Eine ganze Weile rangen wir so miteinander, bis aus dem Toben wildes Entzücken über unsere Umarmung wurde.

Dann stürzten wir aufs Bett.

7. Kapitel

Am nächsten Morgen weckte mich das Klingeln des Telefons.

Verschlafen streckte ich die Hand nach dem Hörer aus. »'10?« murmelte ich mit belegter Stimme. Es war ein Anruf von der Ginza Goddess.

Ich kannte keine Ginza Goddess, aber dann fielen mir Yoko Akisuri und der gestrige Tag ein. Ich setzte mich in dem zerwühlten Bett auf und mein Blick fiel auf einen nackten Rücken und den Ansatz eines ebenso nackten Hinterteils.

»Ja, ja«, sagte ich ins Telefon. »Verbinden Sie mich.«

Der Mann, dessen Foto ich bei dem Manager des Ginza Goddess Fotoclubs zurückgelassen hatte, war jetzt hier. Er war im Begriff, sich ein Modell für seine Aufnahmen herauszusuchen. Wenn ich mich beeilte, konnte ich ihn vielleicht noch rechtzeitig abfangen. Er hatte die zehntausend Yen Eintritt bezahlt, die ihn berechtigten, sich so viel Zeit zu lassen, wie er Lust hatte.

Ich bedankte mich und legte auf. Dann schlug ich die Bettdecke zurück und suchte meine Kleidung zusammen. Als ich Höschen und Büstenhalter anhatte, gab ich Yoko einen Klaps auf den Po.

»Auf, Honey. Das Vaterland ruft.«

Sie war ebenfalls schläfrig. Immerhin hatte sie in der vergangenen Nacht hart gearbeitet. Sie lächelte ein bißchen, rieb sich die Augen. Dann dämmerte ihr, was los war. Ihre Augen wurden groß und ihre blassen Lippen öffneten sich.

»Du finden Ehemann-san?«

Ich nickte, zog einen Nylonstrumpf übers Bein glatt und befestigte ihn am Strumpfhalter. »Ich habe ihn gefunden. Er ist in der Ginza Goddess.«

»Ah, nicht weit. Schnell mit Taxi an Sotoburi Avenue.«

Das Geld des amerikanischen Steuerzahlers kümmerte sie nicht. Sie stand auf, griff nach ihrer Bluse. Während sie sich in ihren Strumpfhalter hineinschlängelte, sah ich in meiner Schultertasche nach meinem automatischen Colt und wikkelte dann ein Stück Schnur von den Jalousien los. Jalousieschnur hält etwas aus, sie eignet sich ausgezeichnet zum Erdrosseln unartiger Individuen. Ich rollte sie ordentlich zusammen und steckte sie in meine Ledertasche.

Innerhalb von zehn Minuten waren wir fertig. Frühstück mußte ausfallen, erklärte ich Yoko.

Sie zuckte die Schultern. »Ich sowieso nur trinke Orangensaft und Kaffee.«

Wir fuhren im Taxi schnell zur Ginza Goddess in der Nähe des Ueno Parks. Es war kurz nach elf Uhr vormittags und die Straßen waren ziemlich verkehrsreich, voller Autos und Fußgänger. Und den unvermeidlichen Radfahrern. Ich glaube, jedermann fährt in Tokio Rad, vor allem, wenn man es eilig hat.

Ich raste in den Vorraum der Ginza Goddess. Der Manager grinste und zeigte seine vorstehenden Zähne.

»Er hier, er hier. Keine Sorge.«

Ich ließ ihm ein Trinkgeld von dreitausend Yen zukommen. Sein Grinsen wurde noch breiter. Er winkte Yoko. »Du sie mitnehmen, du wissen – Saki-Raum.«

Wir schlichen auf Zehenspitzen einen engen Gang entlang, dann öffnete Yoko eine Tür und winkte mir, ihr einen noch engeren Korridor entlang zu folgen. Yoko erklärte, der Korridor sei für die Leute, die keine Aufnahmen machen, aber anderen beim Fotografieren zusehen wollten.

Spiegelglasscheiben, durch die man hindurchblicken konnte, ohne selbst gesehen zu werden, dachte ich. Ich hatte recht. Yoko öffnete ein in der Wand eingelassenes Fenster und da war Miguel Sorolla, der geduckt dastand und Aufnahmen von zwei Mädchen machte. Die eine trug Strümpfe und einen Strumpfhalter, die andere einen schwarzen Spitzenbüstenhalter. Die beiden küßten sich.

Der Mann aus Macao sagte etwas. Seine Stimme konnte ich nicht hören, aber die Mädchen wechselten die Position. Nun lagen ihre Hände jeweils auf dem Körper der anderen, so als streichelten sie sich.

»Er kann nicht anrühren Modelle«, flüsterte mir Yoko zu.

»Dann entgeht ihm das halbe Vergnügen.«

Sie kicherte. »Kommt später, wenn er Mädchen ausnimmt für den Tag. Er kann Mädchen engagieren für ›Schellfisch stechen‹ Spiel, wenn er Lust hat.« Sie brach ab, um nachzusehen, was die Mädchen jetzt trieben und kicherte hysterisch. »Er wird wollen, ganz sicher.«

Dasselbe glaubte ich auch. Die Frau mit dem Strumpfgürtel war in den Dreißigern, sie hatte große Brüste mit länglichen Knospen und ein hübsches Gesicht, das durch die Augenoperation westlich wirkte. Die Augen waren groß und schwarz und sehr ausdrucksvoll. Ihre Unterlippe zitterte, während sie posierte.

Ich blickte auf meine Movado-Armbanduhr. Fast Mittag. Miguel Sorolla war nun seit beinahe zwei Stunden hier. Wieviel konnte dieser Knabe eigentlich ertragen? Ich hörte Yoko nach Luft schnappen und blickte auf die ältere Frau, die vor der jüngeren kniete, die wiederum auf dem Rand eines Feldbetts saß.

Das Blitzlicht flammte auf. Immer wieder.

Der Mörder aus Macao war scharf auf seine Bilder, soviel war sicher. Er legte eine neue Filmrolle ein und ließ die Frauen die Stellung wechseln. Nun kniete die jüngere, schlank und knabenhaft, vor der anderen. Sie beugte sich vor; und wo die ältere nur einen Kuß angedeutet hatte, küßte die zweite mit offensichtlichem Genuß.

»Darf nicht tun«, sagte Yoko entrüstet. »Nicht berühren.«

Nach kurzem Schweigen fügte sie nachdenklich hinzu: »Ehemann-san hat großes Trinkgeld gegeben, ganz sicher.«

Ehemann-san dachte bestimmt, er könne sich das leisten. Fünfzigtausend amerikanische Dollar waren in seiner Heimatstadt viel wert. Er war überzeugt, seinen Auftrag ausführen zu können, er hatte keinen Grund, sich Sorgen zu machen. Soweit ihm bekannt war, wußte außer ihm und D.R.A.G.O.N niemand, daß er im Begriff war, einen der wichtigsten Männer unserer westlichen Erdkugelhälfte umzubringen.

Ich ballte die rechte Hand zur Faust. Miguel, alter Knabe, du bist so gut wie alle – also amüsiere dich, solange es noch geht.

Yoko begann sich neben mir zu winden.

»Süße«, warnte ich sie, »ich bin sozusagen dienstlich hier. Mit Spiel und Spaß ist jetzt für eine Weile Schluß.«

»Dann nicht hinschauen. Ist zu aufregend.«

Sie drehte der Szene sittsam den Rücken zu, aber sie konnte die stolze Haltung nicht lange ertragen. Sie riskierte einen Blick über die Schulter weg und legte eine Hand auf den Mund, um ihr Kichern zu unterdrücken.

»Ist dumm, nicht schauen«, verkündete sie. »Ich vielleicht was lernen. Immer gern lernen.«

»Mhm«, hauchte ich.

Oh, was für Aufnahmen Miguel Sorolla bekam! Die Filme mußten aus Asbest bestehen, denn die beiden Mädchen verdienten ihr Honorar redlich. Jetzt hatte die Knabenhafte die Arme um ihre Gefährtin geschlungen und befand sich unter voller Mithilfe der Älteren in der Stellung, die die Japaner als *ai-name* bezeichnen.

Die Blitzlichter flammten ohne Unterlaß. Ich konnte es ihnen nicht verdenken. Ich war selbst nahe daran, in die Luft zu gehen. Und ebenso der Mann aus Macao. Gewisse Anzeichen sprachen dafür. Yoko wand sich jetzt wirklich. Ihr Mund stand offen und ihre Augen quollen förmlich aus dem Kopf.

Ich verpaßte ihr einen Klaps aufs Hinterteil, um sie zu sich zu bringen. Die Augen, die sie mir zuwandte, waren glasig.
»Du mögen Schläge? Mich schlagen.«
Hinauf mit dem Rock! Ihre Pobacken waren glatt und füllig, als sie sie verführerisch schwenkte.
Ich lachte und kniff sie. »Nicht jetzt, Honey. Arbeit, weißt du.«
Sie sah enttäuscht drein, lehnte jedoch den Kopf gegen die Wand, so daß sie in das Zimmerchen hinter dem Spiegel spähen konnte. Ihre Hände glitten zwischen ihre Schenkel.
»Ehemann-san hat eiserne Selbstbeherrschung«, keuchte sie.
Die hatte er in der Tat. Aber sogar eine Selbstbeherrschung wie die seine hatte ihre Grenzen. Er mußte einen Befehl gebrüllt haben, denn die Mädchen fuhren herum und stürzten sich auf ihre *yukatas*. Der japanische *yukata* ist ein dünner Mantel, der als Boudoir-Kimono dient. Selbst bei einem nur beiläufigen Blick konnte man erkennen, daß die beiden sonst nichts am Leibe trugen.
Die Knabenhafte ging auf die Tür zu.
Ich faßte Yoko am Arm. »Hauen wir ab, Honey. Ich muß vor ihnen am Eingang sein. Ehemann-san soll mich nicht sehen. Bleib hier und lausche und finde heraus, wohin er nach seiner kleinen Klick-Klick-Orgie geht.«
Yoko schätzte Intrigen über alles. Sie kicherte und seufzte und ließ mich vorangehen. Ich rannte, denn ich wollte nicht, daß Miguel Sorolla mich erspähte, während ich Spion spielte.
Ich wartete in einem Taxi außerhalb der Ginza Goddess, unruhig und nervös. Was zum Teufel hielt Yoko so lange auf? Hegte der Mann aus Macao irgendeinen Verdacht? Angenommen, er griff sie an? Wenn er vorhatte, den Präsidenten der Vereinigten Staaten umzubringen, würde er ganz gewiß nicht davor zurückscheuen, eine *puraibeto guido* aus Tokio zu töten.
Dann kam Yoko herausgeschlendert, ein zufriedenes Lä-

cheln auf dem Gesicht. Sie sah mich und kam auf das Taxi zu. Ich winkte ihr, sich zu beeilen, aber es sah fast so aus, als zögere sie. Ich öffnete die Tür.

»Ich viel Geld hätte verdienen können«, beklagte sie sich.

»Wieso das?«

Sie erklärte, daß Miguel Sorolla versucht habe, sie ebenso zu engagieren wie die ältere Frau, deren Name Tashi sei. Er hatte ihr fünfzigtausend Yen angeboten, beinahe zweihundert amerikanische Dollar. Sie büßte dadurch, daß sie nicht mit ihm gegangen war, eine Menge Geld ein, wie sie betonte.

»Schon gut, schon gut. Ich bezahle dir ebensoviel, weil du nicht mit ihm gegangen bist«, sagte ich. Ihr Gesicht erhellte sich sofort. Auf irgendeine komplizierte orientalische Weise schien sie eine Verwandte von Lucy Chang zu sein. »Wohin geht er nun?«

Das Hotel, das sie erwähnte, lag im Shiba Park Distrikt, nicht weit vom Tokio Tower entfernt. Mit dem Taxi konnte ich in einer guten halben Stunde dort sein. Ich lehnte mich in die Polster zurück und versuchte zu überlegen.

Vielleicht hätte ich Yoko mit dem Portugiesen gehen lassen sollen. Bei mir hier war sie völlig überflüssig. Ich brauchte sie nicht. Was ich von ihr hatte wissen wollen – den Namen des Hotels, in dem Sorolla wohnte – hatte ich bereits erfahren.

Ich erinnerte mich an Lucy Chang. Ich dachte an Yoko Akisuri. Geld war die Kernfrage. Ich öffnete meine Tasche. Sie enthielt siebenundfünfzig amerikanische Dollar. Ich nahm zwei Zwanziger heraus und gab sie ihr.

»Geh und amüsier' dich, Honey. Ich werde dich nicht mehr brauchen. Ich möchte Ehemann-san unter vier Augen sprechen.«

Sie machte einen Schmollmund und starrte auf die vierzig Dollar. »Den Rest schicke ich dir morgen früh«, versprach ich rasch. »Du weißt schon, das Honorar dafür, daß du nicht zum Ehemann-san gegangen bist.«

Es war ihr klar. Sie lächelte mir strahlend zu und sagte beglückt: »Yoko vertraut. Keine Sorge.«

Na, das war eine gute Nachricht. Ich winkte *sayonara* und gab dem Taxifahrer die Adresse an. Er raste los wie eine von der Abschußrampe abgefeuerte Rakete und behielt das Tempo im wesentlichen die Sakurada Avenue entlang bei. Es war eine Erleichterung, schließlich auszusteigen und selbständig zum Eingang des Tayabaru-Hotels gehen zu können.

Ich konnte schwerlich zu seinem Zimmer hinaufgehen und klopfen. Deshalb fummelte ich in meiner Tasche herum, bis ich ein Foto von Miguel Sorolla in meiner feuchten kleinen Hand hielt. Damit bewaffnet, näherte ich mich dem Empfang.

Die Masche mit dem Ehemann mochte bei Yoko Akisuri hinhauen, die eine Romantikerin war. Aber vielleicht klappte es bei dem Hotelangestellten weniger gut. Also erfand ich eine Geschichte von einem Mann, den ich angeheuert hatte, damit er eine Arbeit für mich erledige und den ich ausbezahlen wollte. Der Angestellte verbeugte sich ernst, zog seine Gästekartei zu Rate und erklärte mir, Miguel Sorolla wohnte im Zimmer 1020. Ich bedankte mich.

Das Hotel hatte zehn Stockwerke. Alles, was ich zu tun hatte, war, herauszufinden, in welcher Richtung sein Zimmer lag. Ich fuhr im Aufzug in den fünften Stock. Dort ging ich den Korridor entlang, bis ich zu Nummer 520 kam. Ein Eckzimmer, nach Norden zu gelegen.

Danach kehrte ich zum Aufzug zurück und fuhr zum obersten Stock, wo ich umherwanderte, bis ich die zum Dach führende Treppe fand. Ich brauchte fünf Sekunden, um das Schloß aufzubekommen. Ich zog die Tür hinter mir zu, verschloß sie wieder und stieg die wenigen Stufen aufs Dach.

Es war ein sonniger und heller Tag. Wäre ich über den Rand weg zum Fenster von Zimmer 1020 hinuntergeklettert, wäre ich ungefähr ebenso aufgefallen wie der Fujiyama. Ich rekognoszierte das Dach und fand einen kleinen Schuppen, der Geräte zum Fensterputzen enthielt, dazu ein paar Farbkannen, Pinsel, zwei Holzplanken, Farblappen, einen Haufen schmutziger Wäsche und ein paar mitgenommene Gummischrubber. Nichts, was mir das geringste nützte.

Ich wollte eben die Tür wieder schließen, als mein Blick auf das Bündel schmutziger Wäsche fiel. Ich ging hin und breitete das Zeug auf dem Boden aus. Aha! Einer der Fensterputzer hatte seinen Overall dagelassen, um ihn in die Reinigung bringen zu lassen. Ich hob das Ding hoch. Es gefiel mir ausnehmend, nur hier und dort ein Fleck. Ich segnete den Umstand, daß die Japaner ordentliche Leute sind.

Dann zog ich mein Baumwollkleid aus und zwängte meine Kurven in den Overall. Er saß wie angegossen. Und wer zum Teufel sieht je einem Fensterputzer bei seiner Arbeit zu? Ich fühlte mich völlig sicher. Nun mußte ich mich noch überzeugen, daß ich über den Dachrand weg gelangen konnte.

Ich brauchte kein kompliziertes Fensterreinigungsgerät, keine Plattform, kein verzwicktes System von Stricken und Flaschenzügen. Ich suchte ein kräftiges Seil, knüpfte eine Schlinge und legte es über die Schulter.

Dann marschierte ich zum Rand des Daches an der nördlichen Ecke. Zimmer 1020 lag direkt unter mir. Ich sah mich um, entdeckte ein Labyrinth von Rohren und befestigte das eine Ende meines Seils um das, wie mir schien, dickste und stabilste Rohr. Dann ließ ich das Seil über das Dachsims hinunter. Es reichte gerade – vielleicht!

Ich kniete nieder, so daß mein Podex ins Leere hinausragte. Meine Hände ergriffen das Seil. Ich riskierte einen schnellen Blick auf das Fenster von Nummer 1020 und schickte ein Stoßgebet zu Amida hinauf, dem japanischen Gott, der sich der Menschen nach ihrem Tod annimmt. Das Sims war ungefähr fünfzehn Zentimeter breit.

Ich robbte rücklings über den Rand hinunter. Dann ließ ich mich, wie mir schien, an gut zwei Kilometer Seil herabgleiten; in Wirklichkeit waren es keine zwei Meter. Dann trafen meine Schuhspitzen das Fenstersims. Ich ließ mich noch weitere sieben Zentimeter hinab und nun stand ich mit der ganzen Sohle.

Ich duckte mich und spähte durch das Fenster. Es war niemand im Zimmer. Und das Fenster war verschlossen. Ich seufzte und griff nach einem Streifen Zelluloid, den ich aus meiner Handtasche in meine Overalltasche befördert hatte, zusammen mit meinem Colt und der Jalousienkordel.

Ich schob das Zelluloid zwischen die Rahmen des Schiebefensters und bewegte es, bis sein Rand gegen das Schloß stieß. Ich drückte kräftig dagegen. Langsam ging der Riegel zurück, millimeterweise.

Ich schob das Fenster hoch und ließ ein Bein ins Innere des Zimmers gleiten. Dann wartete ich. Alles blieb still. Niemand war da. Ich packte das herabhängende Seil, lehnte mich aus dem Fenster und versuchte, es aufs Dach zu werfen.

Wenn Sie je mit einem derartigen Problem konfrontiert worden sind, werden Sie die Flüche begreifen, die ich über die verdammte Blödheit des Seils ausstieß. Es wollte einfach nicht dahin fliegen, wohin ich es zu schleudern versuchte.

Aber herunterhängen lassen konnte ich es auch nicht. Ich hielt mich am Fensterrahmen fest und beugte mich weit hinaus. Mir wurde ein wenig schlecht und ich fragte mich, ob japanische Fensterrahmen wohl stark genug seien, um amerikanische Geheimagentinnen auszuhalten. Erneut warf ich das Seil nach oben. Es kam sofort zurück.

Na gut, na schön, ich mußte also meinen Grips bemühen. Ich rutschte ins Zimmer hinein und fand dort einen Wasserkrug. Damit kehrte ich zurück und befestigte das herabhängende Seilende am Henkel des Krugs. Mit diesem Gewicht sollte das Seil eigentlich bleiben, wo ich es haben wollte.

Das Seil flog hinauf, der Krug zerbrach, als er auf dem Dach aufprallte.

Ich kletterte ins Zimmer zurück und sah mich um. Es handelte sich um ein typisches Tokioter Hotelzimmer mit einem Bett, schwarz lackiertem Tisch und Stuhl, einer Art Schriftrolle an der Wand über dem Waschbecken, einer Kleiderkammer und einem kleinen Holzgestell, auf dem ein geschlossener Koffer lag.

Außer der Kleiderkammer gab es kein Versteck. Und dort konnte ich schwerlich warten. Ich war einigermaßen überzeugt, daß Macao Mike sich seiner Kleidung entledigen würde, wenn er mit der Frau namens Tashi schlief. Der Gedanke, die Tür der Kleiderkammer zu öffnen und Eve Drum von L.U.S.T. dort im Overall eines Fensterputzers anzutreffen, würde ihm nicht sonderlich zusagen, dessen war ich ziemlich sicher.

Na ja. Es läuft nun eben mal nicht immer alles glatt bei uns Geheimagenten. Ich mußte eine andere Möglichkeit finden, ein bißchen später in das Zimmer zu gelangen. Ich untersuchte das Türschloß. Es war ein billiges japanisches Ding, kein Yale jedenfalls. Ich öffnete die Tür, schob den Zapfen des Schlosses zurück und schloß sie wieder.

Nun konnte jeder vom Flur aus das Zimmer betreten. Miguel Sorolla würde natürlich annehmen, daß die Tür verschlossen sei und würde den Schlüssel benutzen. Ich mußte es darauf ankommen lassen, ob er bemerken würde, daß die Tür nicht wirklich verschlossen war oder nicht. Wenn er es merkte und den Zapfen vorschob, mußte ich erneut die Reise übers Dach antreten. Ich drückte mir selbst den Daumen und verließ mich darauf, daß Tashi ihn zu sehr erregte, als daß er an Dinge wie Schlösser und Riegel denken würde.

Ich öffnete die Tür und trat auf den Korridor hinaus.

Natürlich fragte ich mich, wo zum Teufel Miguel Sorolla und seine Freuden-Freundin eigentlich steckten. Der Gedanke kam mir, daß die beiden vielleicht in ihre Wohnung gegangen waren, aber das hielt ich für ausgeschlossen. Solch eine Gemeinheit konnten sie mir nicht antun. Aber eigentlich hätten sie inzwischen hier sein müssen.

Ich schlüpfte durch die zur Dachtreppe führende Tür und wartete im Dunkeln wohl mindestens anderthalb Stunden. Nur einmal in dieser Zeit sah ich ein menschliches Wesen, ein Zimmermädchen, das mit Schrubber und Eimer den Flur entlangging. Ich begann kribbelig zu werden. Wo zum Teufel steckte der Kerl! Ich war eben im Begriff aufzugeben, als sich die Aufzugstür öffnete und Sorolla heraustrat.

Er hatte eine Kamera an einem Lederriemen um den Hals

und Tashi, das Fotomodell, am Arm hängen. Beide waren ein bißchen beschwipst.

»Prima Mahlzeit«, sagte die Frau und kicherte laut.

»Jetzt das Dessert«, sagte der Mann lachend.

Tashi kicherte noch lauter.

Macao Mike griff in die Tasche, holte den Schlüssel heraus und steckte ihn ins Schloß. Er drehte ihn um, stieß die Tür auf und winkte Tashi, einzutreten. Er riß den Schlüssel heraus und folgte der Japanerin ins Zimmer, die Tür hinter sich schließend.

Fast sofort öffnete sie sich wieder. Macao Mike blickte in den Korridor hinaus. Dann warf er einen Blick aufs Schloß.

»Das idiotische Zimmermädchen muß vergessen haben abzuschließen«, murmelte er.

Sein Finger berührte den Zapfen, der automatisch die Tür verschloß. Ich stand da und kochte innerlich, während ich zusah.

»Na schön, Honey. Jetzt haben wir hier lang genug herumge –«

Der Rest der Worte wurde von der zuschlagenden Tür verschluckt.

Ich fluchte wie ein Dockarbeiter. Alle meine klugen Gedanken waren für die Katze gewesen. Nun mußte ich mir wirklich was einfallen lassen, um an diesen Knaben heranzukommen. Aber wie? Ganz gewiß nicht vom Innern des Hotels aus. Dann vielleicht von außen.

Ein Blick auf meine Uhr verriet mir, daß es kurz nach sechs Uhr abends war. Draußen mußte es allmählich dunkel werden. Dunkel genug, um unsichtbar zu bleiben, wenn ich auf dem Fenstersims ankam? Ich zuckte die Schultern. Das Risiko mußte ich auf mich nehmen.

Ich schlich zu Zimmer 1021, blieb dort stehen und lauschte. Als alles still blieb, ließ ich meinen Zelluloidstreifen in den Türspalt gleiten und bewegte ihn vorsichtig, wobei ich immer wieder den Korridor entlangspähte. Das Schloß gab ein wenig nach.

Gleich darauf drückte das Zelluloid den Bolzen zurück. Vorsichtig öffnete ich die Tür. Das Zimmer war dunkel. Niemand da. Ich schloß die Tür hinter mir, rannte zum Fenster, schob den Riegel zurück, öffnete es.

Ich kroch auf das Betonsims hinaus.

Tokio war voller Lichter. Ich konnte den runden Glasturm des San-ai Dream House sehen, eine weißglänzende Säule; Lichterreihen bewegten sich in beiden Richtungen die Schnellstraße zum Flughafen entlang; und dort waren die roten Lampen auf dem Tokio Tower. Ich drückte mir die Daumen, daß mich kein Scheinwerferstrahl träfe, als ich aufstand und mich den Betonsims entlangzuschieben begann.

Im Zimmer 1020 war es dunkel. Ich hatte das Fenster unverschlossen gelassen. Entweder Miguel Sorolla oder Tashi hatte es geöffnet. Ich beugte mich vor, begann mich langsam hochzuziehen.

Kein Laut. Dann hörte ich ein unterdrücktes Grunzen vom Bett her. Als sich meine Augen mehr an die Dunkelheit gewöhnt hatten, konnte ich zwei Leute auf den zerwühlten Laken erkennen. Sie waren sehr miteinander beschäftigt.

Ich ließ ein Bein ins Zimmer gleiten. Der Rest folgte. Auf Zehenspitzen schlich ich der Tür zur Kleiderkammer zu.

»Mmm, mach jetzt Licht an«, sagte eine weibliche Stimme, leicht heiser und gesättigt.

Ich verschluckte beinahe meine Rachenmandeln, als ich das hörte. Ich fuhr herum, riß meinen Colt heraus und legte einen Finger um den Abzug. Ich wollte Tashi nicht erschießen, mußte es aber tun, wenn sie sah, wie ich Macao Mike umbrachte.

»Noch nicht. Noch nicht gleich.«

Ich begann wieder zu atmen, lauschte dem Laut von Küssen. Ich trat auf die Kammertür zu, öffnete sie und schlüpfte hinein. Die Tür ließ ich spaltbreit offen. Dann steckte ich den Colt in meine Tasche zurück und nahm dafür die Jalousienkordel heraus.

Wenn ich Gelegenheit dazu hatte, wollte ich den Mann k.o. schlagen und die Frau bewußtlos schlagen. Ich hätte es vorgezogen, wenn Tashi ihre Kleider, die hier und dort auf dem Boden verstreut lagen, angezogen hätte und verduftet wäre. Aber man konnte nicht alles haben.

Die Nachttischlampe ging an.

Tashi hatte sich vorgebeugt, ihre Hand war an der Zugkette. Sie war pudelnackt. Der Mann aus Macao war ebenso nackt und seine eine Hand glitt ihren fleischigen Rücken auf und ab.

»Jetzt hast du allen Dampf abgelassen, Honey«, murmelte er. »Nun mach mich wieder scharf.«

»Essen hat gutgetan«, lachte sie. »Und Film auch.«

Sie legte eine Hand in seine Leistengegend und begann ihn lässig zu streicheln. Macao Mike lehnte sich zurück und verschränkte die Hände hinter dem Kopf. Ich wand mich ein bißchen, während ich die beiden beobachtete.

Tashi beugte sich über ihn und begann ihn zu küssen.

Sie kannte sich aus, was die männliche Anatomie betraf. Ihre Lippen und ihre Zunge brachten ihn hochgradig auf Touren. Sie brachte ihn mit ihren zärtlichen Verrichtungen dazu, sich zu winden und zu keuchen.

Ich schloß aus ihrem Gespräch, daß die beiden erst zum Abendessen und dann in ein Kino gegangen waren – wahrscheinlich in einen der obszönen Filme, die man sich an der Chuo Avenue ansehen kann – bevor sie sich zu einem Treffen mit Eros ins Hotelzimmer begaben. Nun, da Macao Mike seinen größten fleischlichen Hunger gestillt hatte, war er für einen Abend des Glücks bereit.

Die Japaner genießen, genau wie ihre chinesischen Brüder, die Freuden sexueller Vorspiele. Sie sind für eine gewisse Form von Haussport empfänglich, die wir Leute aus dem Westen selten vollziehen. Tashi kletterte auf Macao Mike und begann das Spiel ›Schellfisch polieren‹, indem sie das Kerlchen des Mannes zwischen die Finger nahm und es zwischen ihren Schamlippen hin und her bewegte. Ihr Genuß war von einer solchen Intensität, daß ihr Gesicht einen völlig idiotischen Ausdruck annahm.

Ihr Mund wurde schlaff, sie öffnete und schloß die Augen, sie keuchte wild. Ihre Pobacken zuckten und zitterten. Nach einiger Zeit begann sie zu stöhnen.

»Hör auf, mich zu reizen«, brummte Miguel Sorolla. »Los, Süße, mach Schluß mit dem Spielchen. Ich möchte rein.«

Sie fuhr in ihrem Spiel fort.

Im ganzen Orient, von der Türkei bis Tokio, wird diese Methode für ebenso wirksam wie empfängnisverhütend gehalten. Der Orgasmus wird durch die Reibung hervorgerufen. In der Türkei nennt man das *badana* oder ›Weißwaschen‹, in arabischen Ländern wird diese kleine Zerstreuung als *mik'hal fi mekahhil* bezeichnet.

Plötzlich stöhnte Macao Mike. Er nahm die Hände hinter dem Kopf vor und packte die runden Hüften der Frau über ihm. Seine Lenden bogen sich nach oben durch, Tashi ließ sich herabsinken. Sie begannen sich rhythmisch zu bewegen.

Ich konnte meinen Blick nicht von den beiden losreißen. Sie schrien barsch auf, sie bewegten sich wie Spulen auf einem Webrahmen. Sorolla hatte Ausdauer, das mußte ich ihm lassen, Killer hin, Killer her. Wenn man in einer Kleiderkammer steht und einem Paar zusieht, das sich im Bett vergnügt, ist die Zeitdauer schwer abzuschätzen; aber mir schien, daß die beiden dieses Spiel ›Zehnmal kurz, zehnmal lang‹ fast eine halbe Stunde lang gespielt haben mußten, bevor Tashi schrill zu schreien und wie ein Fisch an der Angel zu zappeln begann.

Ich war an ihren Reaktionen interessiert. Sie sank in den honigsüßen Tod, genannt *gokuraku-ojo*, das heißt, sie wurde ohnmächtig. Macao Mike knurrte und versuchte den Kontakt mit ihr beizubehalten. Aber Tashi, an jahrhundertelange masochistische weibliche Unterwerfung unter das männliche Geschlecht gewöhnt, war bewußtlos.

Sie lag da wie eine Tote, als der Mann begann, ihr leichte Schläge ins Gesicht zu versetzen, um sie wieder zu sich zu bringen. Dabei knurrte er Flüche vor sich hin.

Ich sagte mir, dies sei meine Chance – aber bevor ich die Tür aufstoßen konnte, bewegte sich Tashi wieder.

»Du Doyko«, hauchte sie glücklich.

»Doyko? Was ist das?«

»Doyko großer Samurai. Hat tausend Frauen geliebt, eine nach der anderen. Großer Mann, stark.«

»Ein japanischer Herkules, was?«

»Nicht kenne Herklees. Du Doyko.«

»Okay, Honey, ich bin Doyko und du eine meiner Freundinnen, also probieren wir noch mal meine Liebesmuskeln aus.«

Sie lag auf der Seite und lächelte beglückt. Sie versuchte zu protestieren, erklärte ihm, sie bräuchte eine Ruhepause; aber sein Aufenthalt im Ginza Goddess Fotoclub und sein Besuch in dem obszönen Film hatte seine Batterien beträchtlich aufgeladen.

Er drehte Tashi auf den Bauch und begann ihren glatten Rücken zu küssen, das ganze Rückgrat hinunter bis zum Po. Sie sagte fortgesetzt ›nein‹, aber ich bemerkte, daß es gar nicht lange dauerte, bis ihre Hüften über das ganze Bett rutschten, bis er sie festhalten mußte.

Seine Hände konnte ich nicht sehen, da sie durch ihre Lenden verdeckt waren, aber seine Unterarmmuskeln spannten sich konstant, und ich vermutete, daß er das *akagai*-Spiel mit ihr trieb.

Ich wollte, daß Miguel Sorolla tief schlief, bevor ich ihn mir vorknöpfte; aber so wie er es jetzt trieb, konnte das die ganze Nacht so weitergehen. Wenn es irgendwie nützlich gewesen wäre, so hätte ich mich ihren Freuden angeschlossen; aber ich wußte, daß der Mann aus Macao angesichts eines fremden weiblichen Wesens in seinem Schlafzimmer möglicherweise mißtrauisch geworden wäre, zumal er inzwischen von Major Blakes Tod erfahren haben mußte.

Also wartete ich, während Macao Mike eine kauernde Stellung einnahm, den Schenkel der Japanerin anhob und sie zu dem traditionellen ›Schwert-Scheide‹-Spiel zu sich herzog.

Eine weitere halbe Stunde. Was für ein Mann! Es war eigentlich ein Jammer, ihn ins Gras beißen zu lassen. Im matten Schein der Nachttischlampe konnte ich erkennen, daß es auf meiner Movado-Uhr viertel vor zehn war. Würde der Bursche jemals genug kriegen? Dieser Knabe Doyko, den Tashi erwähnt hatte, war mit Miguel Sorolla nicht zu vergleichen.

Es war fast Mitternacht, bevor er Tashi schwitzend und erschöpft vom Bett aufstehen ließ. Sie kroch auf Händen und Knien den Boden entlang, hob Strümpfe, Strumpfhalter und einen BH mit großen Körbchen auf. Gegen das Fußende des Betts gelehnt, zog sie sich an. Macao Mike beobachtete sie, ausgestreckt auf der Steppdecke liegend.

»Komm morgen wieder, Honey«, sagte er.

»Du zahlen zwölftausend Yen?«

Er lachte. »Na gut, du habgieriges Frauenzimmer, ich werde dir noch einmal zwölftausend Yen zahlen.«

Er stand auf und kam auf die Kleiderkammer zu.

Ich hob den Revolver. Wenn Macao Mike die Tür öffnete, mußte er sterben. Aber er kam gar nicht so weit, sondern blieb neben einem Stuhl stehen, nahm die Hose und fummelte in der Tasche. Er nahm die Breiftasche heraus, entnahm ihr zwei Zwanzigdollarscheine und reichte sie der Frau. Sie bastelte im Augenblick an ihrem Strumpfhalter herum und wies mit dem Kinn auf den Nachttisch. Er nickte, legte das Geld hin und ließ sich wieder aufs Bett fallen.

Als Tashi angezogen war, ging sie zum Nachttisch, nahm die beiden Scheine und steckte sie in ihre Tasche.

»Wann morgen?« fragte sie.

»Um zwei Uhr nachmittags. Ich muß eine Menge Schlaf nachholen. Aber komm dann bestimmt. Ich werde hungrig aufwachen.«

Sie kicherte und bückte sich, um die Lampe auszuknipsen. Dann ging sie zur Tür, öffnete sie und schloß sie hinter sich. Das Zimmer lag still da. Ich steckte meinen Colt wieder in die Schultertasche und nahm die Jalousienkordel heraus. Es bestand keine Notwendigkeit, ihn zu erschießen. Er würde ebenso sicher mit diesem Strick um seinen Hals sterben. Und wesentlich leiser.

Ich wartete. Ich konnte ihn regelmäßig atmen hören.

Als ein leises Schnarchen ertönte, öffnete ich die Kleiderkammertür. Von den die Ginza erhellenden Neonreklamen drang einiges Licht ins Zimmer. Ich konnte den Mann erkennen, der ausgestreckt und nackt auf dem Bett lag. Sein Gesicht war abgewandt.

Ich schlich wie eine Gespenst über den Teppich. Meine Hände waren ausgestreckt, die Kordel straff zwischen ihnen gespannt. Eine schnelle Bewegung und alles war vorüber.

Ich beugte mich übers Bett.

Und der Mann fuhr hoch. Seine Faust knallte gegen mein Kinn wie eine Kanonenkugel auf der Höhe ihrer Flugbahn.

Der Mann aus Macao griff unter sein Kopfkissen. Ich hatte nicht gesehen, daß er eine Waffe dorthin gelegt hatte, aber mir wurde klar – ein bißchen zu spät – daß ein Mann, der das Töten zu seinem Beruf gemacht hat, zu jeder Zeit dazu bereit ist, selbst wenn er am allerwehrlosesten erscheint.

Da ich ihn nicht mehr rechtzeitig erreichen konnte, um zu verhindern, daß er die Waffe in die Hand bekam, tat ich das Nächstbeste. Ich griff nach der Steppdecke, auf welcher er gelegen und sich schlafend gestellt hatte, und zerrte daran.

Mit einem Purzelbaum nach hinten kugelte er über den gegenüberliegenden Bettrand. Mit einem Sprung wie der einer Tigerin setzte ich hinter ihm her. Meine rechte Hand knallte gegen sein Handgelenk. Ich war außer Gleichgewicht gebracht, sonst hätte er die Waffe noch vor diesem Karateschlag fallen lassen.

Er knurrte, als meine Handkante aufschlug. Dann stürmte

ich auf ihn ein, mein Kopf prallte in seinen Bauch und ich packte mit zwei Händen seine Rechte.

Wenn die Not die Mutter der Erfindung ist, dann ist Gefahr der Vater der Verhütung. Ich vergrub meine Zähne bis zum Zahnfleisch in seine Hand. Diesmal schrie er auf. Oder vielmehr, er versuchte es, aber mein in seinen Bauch gebohrter Kopf nahm ihm den Atem.

Ich machte buchstäblich einen Kopfstand auf seinem Magen und dann einen halben Purzelbaum, so daß ich neben ihm auf die Knie fiel.

»Du hinterhältiges japanisches Luder«, ächzte er.

Vermutlich hielt er mich für Tashi, die zurückgekommen war, um ihn zu berauben. Ich schwieg. Das Zimmer war so dunkel, daß er mich leicht für die *baishunfu*, die Verkäuferin des Frühlings halten konnte. Oder, weniger poetisch ausgedrückt, für die Prostituierte, mit der er sich gerade vergnügt hatte.

Seine Hand fuhr auf mein Gesicht zu, um mir die Augen einzudrücken. Ich blockierte seinen Arm und wandte einen abgewandelten Armhebelgriff an. Es gelang mir beinahe, seinen Ellbogen zu brechen, aber er machte sich frei und schlug mit der Faust nach meiner Brust.

Ich blockierte auch diesen Schlag, aber nur eben gerade noch, so daß der Schlag noch den Rand meiner Brust traf. Zischend entwich mir der Atem, während mich stechende Schmerzen durchzuckten. Als er sich auf mich werfen wollte, rollte ich auf den Rücken und stieß mit dem Fuß in seine Leistengegend. Ich erwischte ihn am oberen Rand seines Schenkels, aber er stöhnte vor Schmerz.

»Ich bring dich um«, keuchte er. »Verdammt, ich bring dich um.«

Ich warf mich nach vorne und schlug die Beine unter ihm weg. Dann erhob ich mich auf ein Knie und stieß erneut zu. Diesmal traf ich mein Ziel. Mein anderes Knie fuhr genau zwischen seine Beine und er schrie gellend auf.

Er rollte auf die Seite, zusammengerollt wie ein Ball. Ich

glaube, er wollte in diesem Augenblick um Hilfe schreien, denn sein Mund öffnete und schloß sich wie der eines Fisches auf dem Trockenen. Ich schlug ihn mit der Handkante gegen den Hals.

Ich nahm an, daß er außer Gefecht gesetzt war und so stand ich auf und rannte nach der Kordel. Meine Annahme war falsch. Mitgenommen wie er war, wurde er doch von seinem ungeheuren Lebenswillen beherrscht. Er fuhr hoch und sprang mit einem Satz auf mich zu, als ich gerade mit einer Hand die Kordel erwischt hatte.

Er packte mich hinten an meinem Overall und riß mich zurück. Ich verlor den Boden unter den Füßen und fiel der Länge nach auf seinen nackten Körper. Sofort umschlossen mich seine Arme und preßten mich gegen ihn.

Ich drehte und wand mich. Seine Arme verfügten über kräftige Muskeln, so daß ich das Gefühl hatte, es sei ein Grizzly, der meinen Mädchenkörper in einer Bärenumarmung umfaßt hielte. Er bog mich nach hinten, immer weiter und weiter.

»Wer bist du?« flüsterte er. »Du bist nicht Tashi.«

Ich schwieg, da ich meinen Atem für etwas anderes als für gesellschaftliches Geplauder benötigte. Ich versuchte, ihm einen Absatz in den Knöchel zu treten, aber er umklammerte mit beiden Beinen meine eigenen Beine. Meine Hände waren frei, aber meine Arme wurden von seinen Unterarmen fest gegen meinen Brustkasten gepreßt.

»Ich bin eine Verehrerin von Ihnen«, keuchte ich.

Er lachte. »Lügnerin! Nun raus mit der Sprache – bevor ich dir deinen hübschen Rücken entzweibreche. Wer, zum Teufel, bist du?«

»Ich komme von D.R.A.G.O.N.«, zischte ich.

Seine Überraschung war so groß, daß seine Arme ihren Griff lockerten. Ich versuchte, zur Seite zu rollen, aber seine Muskulatur spannte sich erneut an und nun hielt er mich seitlich von sich. Er begann sich seiner gesamten Kraft zu bedienen.

8. Kapitel

Ich konnte nicht mehr atmen. Ich konnte mich kaum bewegen, so fest hielt er mich. Ich sah meinen Auftrag gescheitert. Ich sah voraus, wie der Präsident niedergeschossen wurde, das Opfer eines gedungenen Meuchelmörders.

Ich stöhnte und begann zu wimmern.

»Es ist wahr, es ist wahr«, schluchzte ich. »Ich arbeite für D.R.A.G.O.N. Bitte, Sie müssen mir glauben.«

»Nix da, Schwester. D.R.A.G.O.N. ist eine rotchinesische Organisation.«

»Seit wann sind Sie Chinese?«

Er schwieg einen Augenblick. Dann brummte er: »Na gut, zum Teufel. Ich habe ewas für Gutenachtgeschichten übrig. Erzähl mir eine.«

»Jemand namens Tz'u Hsi hat mich beauftragt«, wimmerte ich.

Er schnappte nach Luft und knurrte dann: »Was zum Teufel behaupten Sie da? Der Gangster hat mich auch angeheuert.«

»Das weiß ich«, keuchte ich.

Er schüttelte mich. Ich spürte, daß sich sein Griff leicht lokkerte und ich überlegte, daß er, wenn ich seine Aufmerksamkeit auf das lenkte, was ich sagte und weniger auf das, was ich getan hatte, vielleicht noch ein bißchen milder wurde.

»Wissen Sie, daß Major Blake tot ist?« fragte ich.

»Was? Der Tommy? Ach, Sie machen Spaß.«

»Nicht sehr wahrscheinlich – nicht zu einem solchen Zeitpunkt.«

»Weiter, verdammt noch mal.«

»Jemand von L.U.S.T. hat ihn erledigt.«

»He! Was erzählen Sie mir denn da!«

»Die Wahrheit. Tz'u Hsi hat mich gerufen, ich sollte Sie aus dem Weg räumen, aus Angst, L.U.S.T. könne genau Bescheid über das wissen, was geschehen ist und versuchen, Sie lebend zu fangen.«

Ich hörte, daß er schwer atmete, und fügte hinzu: »Vielleicht wissen Sie nicht, was mit Geheimagenten geschieht, die L.U.S.T. lebend erwischt.«

»Ich kann es mir vorstellen.«

»Na, und Tz'u Hsi wollte sicher sein, daß Sie nicht auspacken.«

»Auspacken – worüber?«

Ich zuckte die Schultern. »Das hat er mir nicht gesagt.«

»Vielleicht«, sagte Miguel Sorolla leise, »reden Sie die Wahrheit, vielleicht auch nicht. Ich werde mir nicht die Mühe machen, herauszufinden –«

Ich knallte ihm meinen Ellbogen unter die unterste Rippe, ein kurzer Stoß, der vielleicht fünfzehn Zentimeter durchmaß. Zugleich rammte ich meine Absätze in den Teppich und bog den Rücken kräftig durch. Er war so sehr auf das konzentriert, was er tun wollte, daß er gerade im richtigen Maß entspannt hatte.

Die Luft entfuhr zischend seinen Lugen, seine Arme fuhren auseinander und ich rollte auf den Boden. Dabei stützte ich beide Handflächen auf den Teppich und trat mit einem Fuß nach hinten gegen sein Kinn. Ein Bein hat viel mehr Kräfte als ein Arm. Ich nehme an, Miguel Sorolla hatte das Gefühl, von einem Muli getreten worden zu sein. Sein Kopf schnellte nach hinten und er gab einen würgenden Laut von sich.

Ich fuhr herum. Die Jalousienkordel lag in Reichweite auf dem Boden und ich griff danach. Sie zwischen den Händen gestrafft haltend, warf ich mich auf Macao Mike.

Die Kordel schlang sich um seine Kehle und meine Hände rissen sie tief in das weiche Fleisch seines Halses. Fast zwei volle Minuten lang zappelte er.

Dann verließen ihn seine Kräfte.

Ich kniete auf seinem schlaffen Körper und verdrehte die Kordel, bis sein Gesicht purpurrot aufquoll. Dann knüpfte ich einen Knoten.

Ich fiel auf den Rücken und starrte zur Decke.

Um Haaresbreite wäre alles schiefgegangen. Macao Mike

war stark wie ein Bulle gewesen. Wenn ich ihn nicht halb davon überzeugt hätte, daß möglicherweise L.U.S.T. hinter ihm her war, daß vielleicht Tz' Hsi mich wirklich angeheuert hatte, ihn umzubringen, bevor er erwischt wurde, dann hätte er mir das Genick gebrochen.

Ich holte tief Luft und wartete, bis mein Herz aufhörte, wie rabiat zu hämmern.

Im Hotel war alles still. Wenn jemand uns herumrumoren gehört hatte, so mußte er gedacht haben, Tashi sei noch hier mit ihrer Kunst beschäftigt. Na, mir war's bloß recht. Ich klammerte mich ans Bett und benutzte es als Stütze, um aufzustehen. Dann ergriff ich meine Schultertasche mit dem Colt.

Ich stolperte zur Tür, öffnete sie langsam und spähte hinaus. Da war niemand. Ich ließ das Schloß einschnappen.

Nach wie vor trug ich den Overall des Fensterputzers. Ich kam zu dem Schluß, es sei zu riskant, im Aufzug nach unten zu fahren, solang ich das Ding anhatte. Also war ein weiterer Ausflug aufs Dach erforderlich. Ich zog mir im Schuppen oben meine sittsame Kleidung an, stieg wieder in den obersten Stock hinunter und fuhr mit dem Aufzug ins Erdgeschoß des Hotels Imperial.

Während der Taxifahrt entlang der Sakurada Avenue entwarf ich in Gedanken ein Telegramm an David Anderjanian.

Es sollte lauten:

Streichen Nummer eins und Nummer zwei. Ich mache mich an Nummer drei. Ab nach Oahu.

Die Stadt Honolulu liegt auf der Insel Oahu und dort mußte die ›Saigon Queen‹ in ein paar Tagen anlegen. Mit Hilfe von B.O.A.C. würde ich lange vorher am Strand von Waikiki sein.

Ich schickte das Telegramm ab, zog mich aus und ging zu Bett.

Nachdem ich unter die Decke gekrochen war und mir der Sandmann den erforderlichen Sand in die Augen gestreut hatte, träumte ich, ich tanzte in einem Hularock wie eine echte *wahine* vor Major Blake, Tz'u Hsi und Miguel Sorolla. Ich wußte, daß sie tot waren und mich in ein Geisterland verschleppen würden, sobald ich aufhörte zu tanzen. Mann, wie ich die ganze Nacht über Hula tanzte!

Ich wachte völlig erschöpft auf.

Meine Hand fuhr zum Telefonhörer. B.O.A.C. konnte eine große 707 anbieten, die um elf Uhr vormittags abflog. Auf meiner Reiseuhr war es beinahe zehn. Ich jaulte, legte auf und machte mich daran, mein Chassis mit einigen Kleidungsstücken zu behängen.

Viertel vor elf ging ich durch die Sperre des Tokio International Airport. Gut acht Flugstunden lagen vor mir. Ich hatte mir ein neues Buch zum Lesen gekauft und ein paar Pistazien zum Mampfen erstanden. Ich war also gerüstet.

Eine Nachfrage bei den Trans Pazific Ship Lines hatte ergeben, daß die ›Saigon Queen‹ – sofern keine Stürme und andere Seeabenteuer dazwischenkamen – bei Sonnenuntergang am Mittwoch in Honolulu anlegen würde. Jetzt war es Sonntag vormittag in Tokio.

Das verschaffte mir Gelegenheit zum Einkaufen, sagte ich mir. Gezwungenermaßen hatte ich auf die Sampan-Läden und anderen assortierten Exotika in Hongkong verzichten müssen und auch das große Mitsukoshi-Warenhaus in Tokio mit seiner eindrucksvollen Lackstatue der Göttin der Heiterkeit hatte ich nicht zu Gesicht bekommen.

Alles, was ich bei meinem japanischen Aufenthalt ergattert hatte, waren ein paar blaue Flecken, die nur ganz bestimmten Leuten gezeigt werden konnten und meine Kamera mit den unentwickelten Filmen mit den Aufnahmen eines Mädchens namens Hatsu. Ich fragte mich, wo ich den Film wohl entwickeln lassen konnte. Oder ob ich das überhaupt tun sollte.

Die 707 raste brüllend über die Rollbahn und stieg himmelwärts. Bald sahen wir nur noch Wolken unter uns. Ich lehnte mich zurück, öffnete den Bestseller, den ich gekauft hatte, und begann zu lesen.

Ein Flug kann bei einer Routinereise sehr langweilig sein

und wer legt schon Wert auf Abenteuer in zwölftausend Meter Höhe? Ich nicht. Mir reichten die auf festem Boden durchaus. Ich aß, ich döste – ich glaube nicht, daß in einem Flugzeug jemand wirklich richtig schläft – und ruhte meine müden Knochen aus.

Angekommen, stolperte ich in den hellen hawaiianischen Sonnenschein hinaus, dachte an die großen Wellen Waikikis und beschloß, mir einen Badeanzug zu kaufen. Ich hatte im Hilton Hawaiian Village Hotel ein Zimmer reserviert mit Blick auf den Waikiki-Strand. Als schüchterner Neuankömmling – ein *malihini* – wanderte ich mit allen den anderen Besuchern dem Ananasinselparadies zu.

Jemand in Uniform steckte mich samt Gepäck in ein Taxi und auf ging's zu meinem wohlverdienten Urlaub. Durch die Reise nach Osten von Japan nach Hawaii hatten wir aufgrund der internationalen Datumsgrenze einen Tag verloren und so war es statt Montag noch immer Sonntag.

Ich trug mich im Hotel ein, brachte mein Gepäck nach oben und packte aus.

Dann sah ich das Bett. Ich streckte mich darauf aus, um ein bißchen zu entspannen und schlief ein. Spät am Nachmittag wachte ich auf, rollte mich auf die andere Seite und schlief weiter. Morgen konnte ich auch noch in den Wellen herumpritscheln.

Als ich das nächstemal wieder aufwachte, war es fast sieben. Eine angenehme Dusche, ein einigermaßen neues Abendkleid und ich war gewappnet für den Tapa Room mit seiner Floor Show und polynesischem Essen. Da mein Abendkleid schwarz, mein Haar golden und mein Gesicht einigermaßen attraktiv war, zog ich eine Reihe interessierter Blicke auf mich.

Ich meinerseits war nicht interessiert. David Anderjanian kam aus den Staaten und er war genau das, was ich an Männlichkeit brauchte. Oh, ich redete mit den Jungens. Ich bin kein Snob. Aber über ein bißchen Gelächter und ein paar Späße ging es nicht hinaus.

Kurz nach zwei Uhr morgens stolperte ich in mein Zimmer zurück, verlangte jedoch, um acht Uhr morgens geweckt zu werden. Ich beabsichtigte nicht, die ganze Zeit zu schlafen.

Und so war ich um zehn Uhr am nächsten Morgen draußen am Waikiki-Strand, und zwar in zwei dünnen Streifen orangeroten und grellrosa Stoffs, ein Erzeugnis von Cole of California. Das Ganze hatte mich in einem Laden an der Ala Moana fünfzig Dollar gekostet. Ich breitete meinen Leib auf einem Badetuch aus, klatschte eine Bräunungscreme auf mein Zubehör und nahm ein Sonnenbad.

Drei oder vier Männer bemühten sich um den alten Torso mit seinen verschiedenen Anhängseln. Ich erteilte ihnen Note eins für ihre Anstrengungen, gab jedoch mein Desinteresse bekannt. Ganz sicher glaubten sie mir nicht. Gegen zwei Uhr nachmittags kam jemand, ließ sich auf mein Badetuch plumpsen, stieß mich mit der Hüfte an und lachte.

Ich lag ganz still und überlegte, was die richtige Medizin wäre. Judo? Karate? Eins aufs Kinn? Ich öffnete ein Auge.

»David!« schrie ich und warf mich in seine Arme.

Zwei meiner enttäuschten Anbeter sahen zu. Ich brachte David dazu, mich zu küssen, indem ich seinen Hals mit den Armen umklammerte und ebenso seine Lippen mit meinen Lippen. Nach einer Weile machte er sich los und brummte ob meiner Begeisterung.

»Nicht in der Öffentlichkeit, Honey«, sagte er. »Ich werde so leicht verlegen.«

»Ich wollte bloß ein paar lokale Lotharios entmutigen.«

Er grinste und faßte zu.

Ich zog mich stolz zurück, lachte aber. »Spar dir's bis später, Honey. Ich bin mit einem Fall beschäftigt.«

Seine Augen glitten über den Sand, das blaue Wasser und die hohen Wellen. Dann seufzte er. »Du tust mir leid. Diese Arbeitsbedingungen hier sind unerträglich. Und wenn wir schon von Arbeit sprechen, der Plan ist geändert worden.«

»Ja? Wieso?«

»L.U.S.T. hat dich von der Sache entbunden.«

»Den Teufel hat sie das!«

»Den Teufel haben sie es getan. Auf das hin, was L.U.S.T. vom Konsulat in Hongkong erfahren hat, wissen wir, daß dieser Joseph Hoskins dich in Tz'u Hsis Freudenpalast gesehen hat. Wenn er dich auf der ›Saigon Queen‹ erspäht, wird er mißtrauisch werden. Vielleicht wird er sogar versuchen, dich umzubringen. Jedenfalls wird er dich keinesfalls näher als auf den Abstand zwischen zwei Fußballtorpfosten an sich heranlassen. Also kannst du bis Ende der Woche hier bleiben – Kosten werden erstattet – und dann wirst du mit der PAN-AM heimfliegen.«

»Oh, David – bitte! Und wenn Joseph Hoskins mich schon gesehen hat – das bedeutet nicht das geringste!«

»Spar dir die Mühe, Schätzchen, Befehl ist Befehl.«

David Anderjanian kann sehr entnervend sein, selbst wenn er das gar nicht vorhat. Ich schmollte, ich grollte, ich beschimpfte ihn. Ich drohte sogar zu kündigen. Er schüttelte einfach den Kopf.

Die Jungens am Strand sahen, daß wir uns stritten. Ein oder zwei fingen an zu grinsen und glaubten, mich sozusagen bei einem Abpraller auffangen zu können. Sie begannen sich die Lippen zu lecken, ihre Augen glitten über meine Beine hinauf bis zu meiner mit einem Höschen versehenen Schamgegend, über meinen straffen Bauch bis zu meinen in dem Bikinibüstenhalter unanständig zur Schau gestellten hervorspringenden Brüsten. Ich hatte mir sogar die Haare hochgekämmt, so daß sie noch mehr von mir sehen konnten.

»Wer übernimmt meinen Job?« fragte ich schließlich.

»Niemand, den du kennst. Ein Mann. Wie Hoskins ein bezahlter Killer. Hoskins kennt ihn nicht.«

»Ein Mann wird nie in der Lage sein, Joe Hoskins umzubringen.«

David lachte und ich fuhr fort: »Er ist gewöhnt, mit Männern umzugehen. Er liest in ihnen wie in einem Buch und macht sie dann fertig.«

»Und du kannst mit ihm umgehen?«

»David, ich kann's. Laß mich's versuchen.«

»M–m. Befehle, Honey.«

Ich lächelte süß. Allzu süß, denn David wurde mißtrauisch. »Keine krummen Touren, Eve. Es ist mein Ernst. Das hier ist kein harmloses Gesellschaftsspiel. Das Leben des Präsidenten ist in Gefahr.«

»Das weiß ich. Deshalb will ich ja gerade bis zum Ende mitsprechen. Ich kann diesen Hoskins stoppen. Ich will, daß du mich weitermachen läßt.«

Er war störrisch wie ein Muli. Ich gab auf und forderte ihn auf, mit mir in der Brandung zu baden. Wir turnten herum und verabredeten uns zum Abendessen. Ich beschloß, versöhnlich zu sein, denn obwohl L.U.S.T. mich von dem Auftrag abgezogen hatte, hatte ich mich keineswegs selbst abgezogen. Im Augenblick hatte ich Urlaub. Wenn die ›Saigon Queen‹ anlegte, wollte ich meine Menschenjagd wieder aufnehmen und der Teufel sollte die dienstlichen Anweisungen holen.

Bis dahin wollte ich mich amüsieren.

Und David und ich amüsierten uns in den nächsten drei Tagen. Wir flogen in einem Helicopter zum Korallensand der Kauai-Insel und schwammen dort. Wir sahen den Fischern zu, die bei Mondlicht und mit Taschenlampen in das flache Wasser unterhalb des Diamond Head bei Ebbe hinauswateten und Fische mit Harpunen fingen. Wir machten einen Spaziergang durch den großen Farnwald. Wir besuchten eine Ananasplantage. Wir nahmen an einem Strand*luau* teil und lernten, wie man *poi* mit den Fingerspitzen ißt.

Und dann legte die ›Saigon Queen‹ an.

Ich wollte mich eben hinausschleichen und nach Joseph Hoskins Ausschau halten, als er durch die Halle des Hawaiian Village kam, groß und bronzebraun in einem weißen Tropical-Anzug. Er sah mich nicht, ging direkt zum Empfang und erkundigte sich nach seinem reservierten Zimmer. Ich kauerte in einem Sessel hinter einer großen Pflanze und lauschte schamlos.

An diesem Abend teilte ich David Anderjanian mit, er solle verduften. Ich wollte allein zu Abend essen. Ich zog mich bis auf ein Paar Abendschuhe aus und schlängelte meinen nackten Körper in ein hautenges weißes Abendkleid, das vorne bis zum Nabel und hinten bis zu meinem Po ausgeschnitten war. Wie es zusammenhielt, hatte ich keine Ahnung. Aber es hielt. Ich legte eine Perlenkette um meinen sonnengebräunten Hals und steckte einen Perlenring an den Finger. Gegen meine braune Haut hob sich das viele Weiß äußerst vorteilhaft ab.

Ich wartete, bis Hoskins den Makahiki-Raum betreten hatte und folgte ihm dann. Ich ließ mich in einiger Entfernung von ihm nieder und sah ihn nicht einmal an – bis ich spürte, daß sein Blick auf mir lag. Dann wandte ich ihm einmal schnell die Augen zu und wandte mich wieder ab. Mein Herz klopfte wie eine Bongotrommel. Vielleicht machte ich einen Fehler. Vielleicht auch nicht. Ich glaubte zu wissen, wie Joseph Hoskins behandelt werden mußte. Auf eine Methode, die kein Mann beherrschen konnte.

Ich spielte also weiterhin das scheue Reh, während er mich anstarrte und die Stirn runzelte. Ich wußte, es war ihm klar, daß er mich schon einmal gesehen hatte, das verriet sein Gesichtsausdruck, ebenso wie die Tatsache, daß er sich angestrengt zu erinnern versuchte, wo. Ich konnte es ihm nicht verdenken. Ein Mann, der davon lebt, andere Leute um die Ecke zu bringen, muß mit Fremden verdammt vorsichtig sein.

Ich aß ein Filet Mignon und trank einen Martini.

Als ich fertig war, schlenderte ich in die Halle hinaus und blieb dort stehen, als ob ich mich fragte, was ich nun als nächstes tun sollte. Ich brauchte nicht länger als fünf Minuten zu warten.

»Wissen Sie«, sagte eine Stimme neben mir, »ich weiß verdammt gut, daß ich Sie schon einmal irgendwo gesehen habe – aber ich kann mich nicht erinnern, wann.«

David Anderjanian hatte den ganzen Abend geschmollt,

seit ich ihm mitgeteilt hatte, daß ich allein essen wollte. Im selben Augenblick, als Joe Hoskins mich ansprach, sah ich David neben dem Empfangstisch stehen und beim Anblick eines Mitglieds seiner Mannschaft, das auf so unverschämte Weise Befehle ignorierte, finster die Stirn runzeln.

»Bitte«, flüsterte ich Joe Hoskins zu. »Gehen Sie weg. Ich möchte nicht mit Ihnen gesehen werden.«

Er sah ein bißchen überrascht drein. Er war ein großer Mann, fast so groß und breit wie David Anderjanian, wenn auch nicht so gut aussehend. Sein Gesicht war scharf geschnitten, er wirkte sehr männlich und ich war überzeugt, daß er mit Frauen umgehen konnte. Er grinste verkrampft und spielte betont den Gekränkten.

»Es ist nicht persönlich gemeint, glauben Sie mir«, sagte ich und legte eine Hand auf seinen Unterarm. »Es ist nur – oh, ich kann's Ihnen nicht sagen. Aber ich würde es zu schätzen wissen, wenn Sie mich nicht ansprechen würden.«

Ich lächelte und fügte hinzu: »Zumindest – nicht in der Öffentlichkeit.«

Hoskins lachte leise. »Ist der Ehemann in der Nähe?«

Ich mimte mit aufgerissenen Augen Erstaunen. »Dann erinnern Sie sich also nicht mehr an mich! Oh, und ich habe so sehr befürchtet, daß Sie das tun würden!«

Das verblüffte ihn vollends, wie ich vorausgesehen hatte. Er zuckte praktisch vor Ungeduld. »Sie müssen es mir sagen. Zum Teufel, ich werde heute nacht nicht schlafen können, weil ich dauernd versuchen werde, mich zu erinnern, wo wir uns getroffen haben.«

Ich verzog den Mund zu einem kläglichen Lächeln. »Wenn ich's Ihnen sage, werden Sie sich gar nicht erinnern wollen.«

Kleine Hinweise, kleine Andeutungen. Wenn er zu Neugierde neigte, mußte sie ihn im Augenblick höllisch reizen. Ich lächelte erneut, halb ermutigend, und entfernte mich. Ich ließ unter dem hautengen Abendkleid mein Hinterteil wippen. Ich brauchte mich nicht umzudrehen, um zu wissen, daß er es anstarrte und sabberte.

Sollte der Bastard ruhig schwitzen.

Er war nur eine Nacht in Honolulu, dann mußte er gegen Mittag wieder auf der ›Saigon Queen‹ sein, wenn das Schiff ablegte. Und ich würde ebenfalls auf der ›Saigon Queen‹ sein, Reservation hin, Reservation her.

Und wenn ich als blinder Passagier mitfuhr.

David wartete auf mich in meinem Zimmer, sein Gesicht war eine Gewitterwolke. Kaum hatte ich die Tür geschlossen, als er mit den Armen zu fuchteln begann.

»Was zum Teufel hat das zu bedeuten? Ich habe gesagt, du hast mit Hoskins nichts mehr zu tun.«

»Warum hast du *ihm* das nicht gesagt?«

»Was hat er mit dir geredet?«

Ich zuckte die Schultern. »Er weiß, daß er mich schon mal irgendwo gesehen hat. Er kann sich bloß nicht mehr erinnern, wann und wo.«

David ist kein Trottel. Er schürzte die Lippen und ließ mir einen erstklassig nachdenklichen Blick zukommen. »Ist er scharf auf dich? Will er mit dir anbändeln?«

»Könntest du ihm das verdenken?«

Ich stolzierte in meinem weißen Abendkleid vor ihm auf und ab, ließ meine ungebändigten Brüste leicht hüpfen und mein Hinterteil wippen. Meine mit Mascara verschönten Augen flirteten mit ihm und meine falschen Wimpern bebten.

»Schon gut, schon gut. Spar dir das Theater.«

»Also kann ich mich an ihn heranmachen?«

»Nein, das kannst du nicht. Befehle –«

»Ich weiß, ich weiß«, fauchte ich.

Ein kleines Schweigen entstand. Er sah zu, wie ich meine Perlenkette und mein Perlenarmband abnahm.

»Du gehst aber frühzeitig zu Bett«, bemerkte er.

»Ich gehe morgen an Bord der ›Saigon Queen‹, deshalb möchte ich vorher ausgiebig frühstücken. Was dagegen einzuwenden?«

»Nein, natürlich nicht.«

»Ich nehme also an, du hast die Reservierung meiner Kabine nicht rückgängig gemacht?«

»Du kannst heimfahren, wie du willst.«

Ich nickte, faßte ihn am Ellbogen und schob ihn zur Tür. Dort wünschte ich ihm lieblos eine gute Nacht.

Dann begann ich zu packen.

Am nächsten Morgen aß ich mutterseelenallein meinen Schinken mit Ei. David Anderjanian saß drei Tische entfernt, Joseph Hoskins fünf. David blickte mich überhaupt nicht an, Joseph Hoskins konnte die Augen nicht von mir losreißen. Vermutlich sah ich in einem enganliegenden Sharkskinkostüm mit dunklen Strümpfen und einer handgefertigten goldenen Nadel am linken Jackenaufschlag sehr attraktiv aus.

Ich ließ Hoskins merken, daß ich seine Anwesenheit zur Kenntnis genommen hatte, indem ich ihm zögernd zulächelte, als ich an seinem Tisch vorbei zu einem Taxi ging. Sein linkes Augenlid senkte sich zu einem verständnisvollen Blinzeln.

Die ›Saigon Queen‹ ist ein neues Ozeanlinienschiff, über dreihundert Meter lang und mit einer Wasserverdrängung von gut vierzigtausend Tonnen. Sie ist der Stolz der Trans-Pacific Lines. Meine Kabine lag auf dem A-Deck. Eine Erste-Klasse-Kabine.

Auf den ersten Blick verliebte ich mich in meine Kabine. Eigentlich war es eine kleine Suite mit einem in Blau und Weiß gehaltenen Salon und einem dazu passenden Schlafzimmer. Das Bad war mit Delfter-Kacheln und vergoldeten Hähnen versehen. Ich machte eine Pirouette um den blauen Teppich herum und summte ein Lied vor mich hin.

Ich wartete, bis wir am Diamond Head vorbeigefahren waren, bevor ich zu einem Spaziergang aufs Deck hinausging. So bald wie möglich wollte ich Joey-Boy finden, damit ich ihn im Auge behalten konnte.

Das war nicht schwer. Er lehnte an der Reeling und unterhielt sich mit einem rothaarigen Mädchen. Sie plapperte munter darauf los, aber leider konnte sie seine Aufmerksamkeit nicht auf die Dauer fesseln. Kaum hatte ich meine Alligator-Pumps auf Deck gesetzt, als er sich aufrichtete und mich von oben bis unten betrachtete.

Der Rotkopf merkte nichts.

Ich ging weiter, auf Suche nach einem Deckstuhl. Kaum hatte ich mich niedergelassen, als Joey-Boy auch schon neben mir war.

»Na, so was, Sie hier anzutreffen.« Er grinste.

»Ich hatte Sie doch gebeten, das nicht zu tun«, erinnerte ich ihn.

»Ich weiß. Ich kann Sie mir bloß nicht aus dem Kopf schlagen.«

»Bedeutet das, daß ich geschmeichelt sein muß?«

»Seien Sie friedlich«, bettelte er. »Es ist eine lange Reise. Wir werden uns häufig sehen, das läßt sich gar nicht vermeiden. Also geben Sie schon nach.«

»Hmm . . .« sagte ich.

»Gutes Mädchen. Wie wär's, wenn Sie heute mit mir zu Abend äßen? Es macht mir keinen Spaß, Martinis und Steaks allein zu mir zu nehmen.«

Ich lachte. »Sie merken auch gleich alles.«

»Ich habe Augen im Kopf.«

Wir plauderten eine Weile. Ich schenkte ihm meine gesammelte Aufmerksamkeit – nichts schmeichelt einem Mann so sehr, als wenn man sich ungeteilt auf das konzentriert, was er sagt. Aber es gelang mir, hin und wieder einen Blick auf die vorübergehenden Leute zu werfen. Ein Mann in einer Madras-Sportjacke kam dreimal vorbei. Er warf mir und Joey-Boy Blicke zu, ganz beiläufige Blicke, die möglicherweise etwas bedeuten konnten.

Jedoch vermutete ich hinter dem Mann meinen Rivalen – den anderen L.U.S.T. Killer, der ausgeschickt worden war, den Auftrag zu erledigen, den ich zu Ende zu führen beabsichtigte.

Als wir uns aufmachten, um uns im Swimmingpool auf dem Hauptdeck zu erfrischen, sagte mein Begleiter kläglich:

»Sie werden mir sicher nicht verraten, wo wir uns gesehen haben.«

»Eine Frau muß ihre Geheimnisse bewahren. Außerdem werden Sie früher oder später doch dahinterkommen.«

Ich zog den Cole-Bikini an, ging den Companionway hinunter, an der Lunge Bar vorbei und fand einen leeren Stuhl, auf den ich mein Badetuch und meine Handtasche legte. Ich tauchte ins Wasser und schwamm zehn Minuten hin und her. Dann sah ich Joey-Boy aus der Tür kommen und nach mir Ausschau halten. Ich winkte mit einem nassen Arm.

Wir schwammen, wir redeten. Nach wie vor konnte er sich nicht an jenen Abend in Tz'u Hsis Vergnügungspagode erinnern. Das war nur gut. Damit wurde er zu demjenigen, der hinter mir her war. Alles, was er von mir wußte, war, daß er mich schon einmal gesehen hatte – irgendwo, irgendwann – und daß ich versucht hatte, ihn abzuwimmeln. Er war nicht im geringsten mißtrauisch gegen mich.

Der Mann in der Madrasjacke lehnte an der Reeling des Sportdecks und starrte auf uns hinunter. Ich fühlte mich unbehaglich, als seine Augen erst auf mir ruhten, dann zu Joe Hoskins hinüberglitten und wieder zurück zu mir. Mir war klar, daß er nicht einfach ein Schießeisen herausziehen und losknallen würde. Er würde raffinierter vorgehen. Aber eine innere Stimme sagte mir, daß er, wenn er mich umbringen mußte, um Hoskins loszuwerden, dies ohne Gewissensbisse tun würde.

So sind wir L.U.S.T.-Agenten nun mal. Wir sind darauf getrimmt, unsere Aufträge zu erledigen und Pech für denjenigen, der uns dabei im Weg steht. Wir sind keine Diplomaten. Wir sind wie Diebe und Mörder, die ihre Befehle ausführen. Die Bezahlung ist ausgezeichnet, wir reisen viel; und um unsere inneren Spannungen zu lösen, amüsieren wir uns kräftig zwischen den Aufträgen.

Mit Joe Hoskins amüsierte ich mich wirklich. Er war ein vergnüglicher Gesellschafter, er konnte tanzen wie Fred Astaire, er verstand was von Essen und Trinken. Vermutlich florierte die Branche heutzutage. Er hatte eine Menge Geld, obwohl man das auf einem Ozeandampfer kaum ausgeben kann. Die meisten Kosten sind schon im Ticket enthalten. Abgesehen die für Alkohol und ein paar Kleinigkeiten, einschließlich Trinkgelder.

Nach einem Abendessen, das Melonencocktail Benedictine, Cremesuppe à la Reine und Lendensteak, gefolgt von Pfirsich Melba, eingeschlossen hatte, gingen wir auf ein paar Highballs in die Pacific Bar hinüber. Joey Boy war gesprächiger Stimmung.

»Wissen Sie, ich glaube, ich komme allmählich dahinter, wo wir uns getroffen haben. Es war erst vor kurzem, soviel weiß ich. Die einzigen Städte, in denen ich in letzter Zeit war, waren San Francisco und Hongkong. Und im Zusammenhang mit Frisco fällt mir nichts ein.«

»Reine Vermutung«, neckte ich ihn.

»Nein, ehrlich. Ich bin auf Hongkong gekommen. Und die einzigen Orte, an denen ich dort war, waren mein Hotelzimmer und . . .«

Er brach ab und runzelte die Stirn. »Es muß sich um eine persönlichere Atmosphäre als die eines Hotels gehandelt haben. Warten Sie mal – als ich in Hongkong gelandet war, ging ich direkt in ein Privathaus. Ich platzte in ein – das ist's!«

Er erhob sich halb vom Stuhl und wies mit dem Finger auf mich. »Na klar, Sie waren das Mädchen mit –«

Ich legte ihm die Hand auf den Mund und er blickte beschämt drein. Dann lachte er und sagte: »Entschuldigung, Honey. Beinahe wäre ich ins Fettnäpfchen getreten. Das wollen Sie doch geheimhalten, nicht wahr?«

»Wenn Sie nichts dagegen einzuwenden haben. Sehen Sie, ich hatte Pech in Hongkong. Ich bekam einen Job als Stripteasetänzerin und dieser Chinese engagierte mich zusammen mit einem anderen Mädchen für die Nacht. Ich machte mit, denn ich brauchte das Geld.«

»Teufel, das kann ich verstehen. Für Bargeld tun wir alle

Dinge, die uns nicht liegen. Sie sind also kein Hühnchen, sondern ein vernünftiges Mädchen, das für sich selbst sorgen kann. Sie nehmen doch nicht etwa an, daß ich das hinausposaune, oder?«

Seine Augen tauchten in den tiefen Ausschnitt meines Abendkleides. Er konnte die innere Wölbung meiner Brüste sehen. Seine Augen verrieten mir, daß er möglicherweise für seine Verschwiegenheit eine Bezahlung anfordern würde. Schließlich tat er nichts umsonst.

Ich lächelte ihm überaus kokett zu. Wenn ich ihn in ein Schlafzimmer bringen konnte, würde er dort ebenso ausdauernd sein wie Major Blake. Oder vielleicht auch Macao Mike. Ich hatte recht gehabt, als ich David Anderjanian gesagt hatte, dies sei eine Aufgabe für eine Frau.

»Sie haben mich nicht einmal gefragt, weshalb ich meine Vergangenheit geheimhalten möchte«, sagte ich und zuckte die Schultern, so daß meine Brüste hüpften.

Seine Brauen hoben sich. »Ich kann mir nicht vorstellen, daß das einer Erklärung bedarf.«

»Da täuschen Sie sich eben«, sagte ich, mir eine Lüge innerlich zurechtlegend. »In den meisten Fällen wäre es mir völlig egal. Aber jetzt – nun ja, vor zwei Tagen erfuhr ich, daß mein Onkel, ein sehr reicher Mann, gestorben ist und mir – nein, wirklich, das ist tatsächlich passiert! Er hinterließ mir fast zweihunderttausend Dollar.« Ich spreizte die Hände. »Das ändert schon einiges, so viele Brötchen. Ich kann leben wie eine Königin, wenn ich das Geld richtig anlege. Vielleicht werde ich sogar heiraten. Zum Teufel, wer weiß? Wissen Sie, deshalb möchte ich meine Vergangenheit geheimhalten.«

»Verlassen Sie sich auf mich, Honey. Kommen Sie, trinken Sie noch was.«

»Sie versuchen doch nicht etwa, mich blau zu machen, Joe, oder?«

»Ich finde, das muß gefeiert werden.«

Wir feierten bis in die frühen Morgenstunden. Irgendwann

gegen Mitternacht bemerkte ich, daß der Mann in der Madras-Sportjacke in die Bar gekommen war und uns beobachtete. Hoskins sah ihn ebenfalls und seine Lippen verzogen sich zu einem seltsamen Lächeln.

Dieses Lächeln mißfiel mir. Ich sagte mir, daß Joey-Boy möglicherweise der gefährlichste dieser drei Mörder war. Ich hätte den Mann in der Madrasjacke gern gewarnt, aber mein Begleiter hatte inzwischen die Neigung meines Abendkleides bemerkt, aufzuklaffen, wenn ich mich bewegte, so daß meine Brüste in die Außenwelt spähten. Ich glaube nicht, daß Joey-Boy seit der Nacht mit K'u-hsien eine Frau gehabt hatte. Ich erinnerte mich jetzt, wie sich die Chinesin beschwert hatte, ihr *hua-hsin* sei wund von der Liebe.

Ich stellte fest, daß ich mich auf meinem Stuhl hin und her wand.

Schließlich ergriff ich meine Handtasche und stand auf. »Ich komme gleich wieder, Joe«, sagte ich. »Ich muß mal wegen eines Pferdes verhandeln.« Damit schlenderte ich auf die Lounge zu, in Richtung des Schildes, auf dem LADIES stand. Unterwegs gab ich dem Mann in der Madrasjacke ein kaum merkliches Zeichen mit der Hand.

Er folgte mir den Companionway entlang.

»Ich glaube, Hoskins weiß über Sie Bescheid«, flüsterte ich, während er ein kleines Stück weit hinter mir blieb, so daß jeder, der uns beobachtete, uns für nicht zusammengehörig halten mußte.

»Sie sind verrückt. Wie sollte er?«

»Ich kann es nicht erklären. Nennen Sie's weibliche Intuition, wenn Sie wollen.« Daraufhin schnaubte er leise. »Na gut«, sagte ich, »aber ich gehe jede Wette ein, daß er Sie im Verdacht hat, für L.U.S.T. oder C.I.A. oder dergleichen zu arbeiten.«

»Na schön. Ich weiß, Sie meinen's gut. Jedenfalls vielen Dank. Ich werde die Augen offenhalten.«

Wir waren beinahe bei den Toiletten angelangt, als er

fragte: »Was ist mit Ihnen? Anderjanian sagte, Sie hätten nichts mehr mit der Sache zu tun.«

»Habe ich auch nicht. Ich bin auf dem Weg nach Hause. Ich wollte Ihnen nur zur Hand gehen, indem ich mit ihm anbändle.«

Meine Hand berührte die Tür. Sie öffnete sich. Der Mann ging vorbei, langsam, ohne Eile. Niemand, der uns sah, hätte behaupten können, wir hätten irgendeine Verbindung miteinander aufgenommen.

Joey-Boy hatte, als ich zum Tisch zurückkehrte, frische Drinks bestellt. Ich weiß nicht, ob er etwas in sie hineingetan hatte, aber ganz plötzlich begannen diese Rob Roys auf mich zu wirken. Ich fühlte mich unbeschwert und leichtsinnig. Ich war auf dem Weg nach Hause, in die Vereinigten Staaten, mein Auftrag war erledigt. Warum sollte ich nicht feiern, wie Joey-Boy vorgeschlagen hatte?

Ich rückte näher an ihn heran, stieß mit meinen Schenkeln gegen ihn. Ich ließ die Schultern nach vorne sinken, so daß meine Brüste unter den Einsatzstreifen des Kleides entblößt wurden. Seine Augen begannen hervorzuquellen, als er die Fülle meiner von blauen Adern durchzogenen weißen Hügel und die steif gewordenen Knospen erblickte. Während ich redete, bewegte ich die Arme, wohl wissend, daß sich alles übrige mitbewegte.

»Suchen wir uns eine Kajüte«, sagte er heiser und trank sein Glas leer. »Vorzugsweise die meine.«

Wenn ich ihn bis zur völligen Erschöpfung brachte, konnte ich vielleicht der Madrasjacke die Mühe ersparen, ihn umzubringen. Zwar hatte ich keine Jalousienkordel, aber eine meiner dunkelgrauen Nylonschnüre würde richtig eingesetzt, dieselben Dienste leisten. Ich hatte keinerlei Bedürfnis nach einem weiteren Nahkampf wie dem mit Miguel Sorolla. Einmal reichte. Außerdem war Joe Hoskins größer als der Portugiese. Ich war nicht sicher, ob ich es bei einem Catch-as-catch-can-Kampf mit ihm aufnehmen konnte.

Ich kicherte und ließ die Rob Roys sozusagen in mir blubbern und sieden. »Na gut, Sie Don Juan. Ich bin reif für ein bißchen Zimmersport.«

Sein Arm legte sich um meine Taille, als ich schwankte. Dabei brauchte ich kein gewaltiges Theater zu spielen. Ich war wirklich beschwipst. Er preßte meine Hüfte gegen seine Leistengegend. Er war durch meine Nähe erregt. In der Tat war er ein sehr kräftig entwickelter Mann. Ich empfand Mitgefühl mit K'u-hsien.

Er bezahlte die Rechnung, ohne mich loszulassen. Ich fühlte mich wie die andere Hälfte eines Siamesischen Zwillings, als wir uns zwischen den Tischen hindurchdrängten, vorbei am Bar-Steward und hinaus auf das Erster-Klasse-Promenadendeck. Je enger wir uns aneinander preßten, desto erregter wurde er. Ich muß zugeben, daß es mir selbst nicht anders ging.

Im Dunkel des Promenadendecks riß er mich mit einem Schwung an sich und sein geöffneter Mund machte sich über meine Lippen her. Wir küßten uns, während sich unsere Körper lässig aneinander rieben. Seine Hand glitt zu einem Schulterband meines Abendkleids. Er streifte es über den Arm hinunter und seine Lippen wandten sich meiner nackten Schulter und dem Ansatz meiner linken Brust zu.

»Nicht hier«, flüsterte ich.

»Niemand ist da«, flüsterte er, den Mund an mein Fleisch gepreßt.

Er hatte mich bereits halb ausgezogen. Meine ganze linke Seite lag blaß im Schein der Mondstrahlen, die Brust hart wie weißer Marmor aus Carrara, durchzogen von blauen Adern, die Perle steif und braun. Er wandte seine Andachtsübungen ihr zu, seine Zunge liebkoste die harte Spitze. Dann wurde sie sanft von seinen Lippen umschlossen.

Ich schwankte vor und zurück, halb wegen des genossenen Alkohols, halb wegen seiner meiner Brust gewidmeten Zärtlichkeiten, die mir heiße Wellen den Rücken hinabjagten. Ich war überrascht von diesem Mann. Ich hatte angenommen, er würde brutal vorgehen, wenn es sich um sein sexuelles Vergnügen handelte. Aber seine sich bedächtig bewegende Zunge, seine an meiner Brustspitze saugenden Lippen schickten eine Woge der Leidenschaft durch meinen Körper.

Es gibt Männer, denen es ein spezielles Entzücken bereitet, eine Frau zu befriedigen. Ihr Stöhnen, ihre ekstatischen Schreie wirken wie Liebkosungen auf sie. Sie werden aufs äußerste erregt, wenn sie wissen, daß es ihre Hände, ihre Lippen, ihre Geschlechtsteile sind, welche die Frau an den Rand des Orgasmus bringen.

Liebesspiel ist das Wichtigste. Ich bin sehr dafür; aber mir begann klar zu werden, daß es für Joseph Hoskins mehr bedeutete als nur ein Spiel. Vielleicht hatte er einen Schuldkomplex; vielleicht glaubte er, sich dadurch, daß er die Frau und nicht sich selbst befriedigte, für etwas zu bestrafen, was vor langer Zeit einmal vorgefallen war.

Er wollte sich einer Frau unterwerfen. Im Grund war er ein Masochist. Oh, es gibt viele Formen des Masochismus. Man muß nicht unbedingt gepeitscht werden wollen, um doch zutiefst so veranlagt zu sein. Ich wußte, daß Joey-Boy ein Masochist war, trotz seiner Profession als Killer. Vielleicht war eben dieses Morden eine Art der Revolte gegen sein eigenes Schuldgefühl; vielleicht war es seine Weise, den Leuten zu zeigen, daß er ihnen ebenbürtig oder sogar überlegen war.

Oder vielleicht war er auch seiner selbst so unsicher, daß er eine Frau bis zum äußersten, bis zum Wahnsinn erregen mußte, bevor er sich in seiner eigenen Männlichkeit sicher fühlte. Das war eine faszinierende Idee, beinahe so faszinierend wie das, was Joey da auf dem A-Deck mit meiner Brust anstellte.

Innerhalb von Augenblicken war ich drauf und dran, den Mond anzuheulen.

Ich hatte das Gefühl, einen Tiger am Schwanz gepackt zu halten.

9. Kapitel

Dieser Mann war als Liebhaber eine Wucht.

Meine Hüften schwangen, meine Beine wurden wie Gummi, während ich auf seine Lippen hinabstarrte, die meine Brustspitzen umgaben und daran sogen. Wenn er Genuß daran fand, auf die leisen Entzückensschreie einer Frau zu hören, so kam er in dieser Nacht reichlich auf seine Rechnung. Meine Fingernägel gruben sich in seinen Nacken, als ich seinen Kopf gegen meine Brust preßte. Ich schrie, stöhnte und wimmerte in einer Symphonie, die nur seine Ohren hören konnten.

Dann nahm er den Rest meines Körpers in Angriff. Seine Hände glitten unter den Rock meines Abendkleides. Seine Fingerspitzen bewegten sich leicht wie ein Federwisch über meine nylonbestrumpften Schenkel hinauf, dorthin, wo das nackte Fleisch begann. Seine Handflächen glitten unter den Strapsen hindurch, meine glatten Schenkel entlang, über meine Schamgegend und den Bauch.

»Schluß, um alles auf der Welt«, keuchte ich und versuchte ihn wegzuschieben. »Sonst liege ich jetzt gleich auf den Deckplanken.«

»Keine schlechte Idee«, lachte er. Aber er nahm die Hände weg und sah zu, wie ich die linke Oberseite meines Abendkleids hochzog und das Band wieder über die Schulter streifte.

Dann war sein Arm um meine Taille und seine kräftigen, männlichen Muskeln hoben mich fast in die Höhe, während er mich Schritt für Schritt mit sich nahm, auf eine Luke des Promenadendecks zu. Dann gingen wir einen Companionway entlang auf die Erster-Klasse-Kabinen zu.

Hoskins blieb nur kurz stehen, um seinen Schlüssel herauszunehmen. Die Tür öffnete sich. Er schob mich in den dunklen Raum und verpaßte mir dabei lachend ein paar Klapse aufs Popöchen. Der Lichtschalter klickte; der Raum erglühte rosig unter dem Schein einer Nachttisch-Doppellampe.

»So, jetzt. Nun können wir tun, was uns Spaß macht«, sagte

er lächelnd und schlüpfte aus seiner Smokingjacke.»Und mir ist ganz danach zumute, für den Rest der Nacht eine Menge Dinge mit dir zu tun.«

Ich steckte mir eine Zigarette zwischen die Lippen und knipste ein Feuerzeug an, während ich zusah, wie sich dieser große Amerikaner aus seinem Smoking und seinem Hemd schälte. In seinen Boxershorts sah er aus wie eine Bronzestatue. Blondes Haar lockte sich auf seiner Brust und zog sich über die Mitte seines Körpers hinab.

»Weißt du, Honey«, sagte er lächelnd, spannte die muskulösen Arme und holte ein paarmal tief Luft, so daß ich die Breite seines Brustkastens und die Kraft seiner stämmigen Schenkel und Waden bewundern konnte, »ich bin wirklich in dich verknallt.«

Er stand da, wippte auf seinen Zehen und grinste. Ich mußte zugeben, daß er wirklich ein Mannsbild war. Seine blonde Mähne, seine tief gebräunte Haut, alles wirkte ungemein auf meine weiblichen Hormone. Als ob er es genösse, daß meine Augen ihn abtasteten, begann er mit katzenartigen Bewegungen auf und ab zu gehen.

Vielleicht hatte der Bursche auch noch was von einem Exhibitionisten an sich.

Wenn ja, so war das der erste Sprung in seiner Rüstung, den ich bisher hatte entdecken können. Ich murmelte: »Ich werde mich gleich ausziehen, Joey. Aber zuerst laß mich dich gründlich anschauen. Ich habe nicht gewußt, daß es Männer wie dich gibt – außer vielleicht in Filmen.«

Sein Lachen klang belegt, sinnlich. »Ich achte auf meinen Körper. Ich habe ihn immer trainiert, Gymnastik getrieben, mit Hanteln gearbeitet und dergleichen. Gib mir Gelegenheit, ein paar wirklich schicke Sexkombinationen auszuführen.«

»Was denn?« keuchte ich atemlos.

»Die ›Schere‹, den ›Kolben‹, das ›Mädchen auf dem Delphin‹ – solche Dinge. Du mußt sie doch kennen.« Er lachte und blieb vor dem Schreibtisch stehen, den er vermittels eines Eiskübels und dreier Flaschen Pinwinnie Scotch in eine Bar verwandelt hatte.

»Wahrscheinlich ja, nur sicher unter anderen Namen«, kicherte ich.

Ich schob meine Schulterbänder über die Arme hinab. Meine Brüste wurden sichtbar, prall wie Kürbisse. Joey starrte auf die von blauen Venen durchzogene Fülle, seine Zungenspitze fuhr über seine Lippen. Ich bewegte die Schultern und meine Kugeln begannen auf eine Weise zu tanzen, die niemals ihre Wirkung verfehlt.

Ich ging durchs Zimmer, wobei meine Absätze hart auf dem Teppichbelag aufschlugen und bot Joey eine Sondernummer meiner auf und nieder wippenden hervorspringenden Brüste. Ich trat auf ihn zu. Er stand da, ein Glas halb mit Scotch und Eiswürfeln gefüllt in der Hand. Ich vergrub meine Brüste in seinem dichten, goldenen Fell und rieb sie hin und her an seiner bronzenen Haut.

Der Atem drang ihm pfeifend aus der Kehle und ich lieferte, was das betraf, die Begleitmusik zu dieser Sexserenade. Sein Brusthaar war drahtig. Es kitzelte meine Brustknospen und das sie umgebende Fleisch und es kratzte und vermehrte so die wachsende Erregung, die meine Lenden durchflutete.

»Du machst es genauso, wie ich es gerne habe«, flüsterte er.

»Wie denn, Honey?«

»Langsam und unbeschwert. Keine Eile. So mag ich's. Das bringt einen auf Touren.«

»Jemand hat dir eine Menge beigebracht«, flüsterte ich und starrte auf meine gegen seine Brust gedrückten Brüste.

Seine Fingernägel glitten mein Rückgrat entlang bis hinunter zu meinen Pobacken, wo mein Abendkleid zusammengeschoben um meine Hüften lag. »Stimmt. Sie behauptete, ich würde der eine Mann sein, der wüßte, wie man eine Frau so behandelt, wie sie behandelt werden wolle.«

»Wer war sie?«

»Eine Freundin der Familie. Eine verheiratete Frau mit drei Kindern, jedes von einem anderen Ehemann. In einem Sommer befand sie sich gerade zwischen zwei Männern und lud mich ein, Anfang Juli zwei Wochen mit ihr in ihrem Sommerhaus zuzubringen. Damals war ich siebzehn. Ich blieb bis nach Labor Day. Wir hatten vielleicht Spaß!«

Freud hat festgestellt, daß die frühen Geschlechtserlebnisse eines Mannes oder einer Frau sozusagen die Gußform für alle zukünftigen Sexualerlebnisse im Leben darstellen. Was ein Kind oder ein Heranwachsender in dieser Beziehung erlebt, ist traumatischer Natur. Wie mit einem Stempel wird es der Psyche eingeprägt und jeder Genuß bleibt mit diesem ersten und frühesten sexuellen Vergnügen verbunden.

Auch für Fetischisten wird das Entzücken am Gegenstand ihrer Liebe in der Jugend festgelegt. Das Interesse am Hinterteil zum Beispiel. An einem Kleidungsstück. An einem Schuh oder irgendeinem Körperteil, mit dem sich sexuelles Vergnügen verbindet. Es kann ein Fanal durch das ganze Leben hindurch sein.

Die Gehirnschlosser behaupten, im Grund sei an einem Fetisch nichts auszusetzen. Beinahe jeder Mensch sei bis zu einem gewissen Grad Fetischist. Manche Männer verlieben sich in Brüste, weil ihre ersten sexuellen Erfahrungen damit zu tun haben. Andere sind über weibliche Beine oder Hinterteile entzückt. Auch Füße oder Haare können zum Symbol sexueller Befriedigung werden.

Psychisch gefährlich wird es erst, wenn der Fetischist den Fetisch der Frau vorzieht. Wenn ihr Schuh ihm genügt oder eine Haarsträhne, ein Unterhöschen – wenn ihm das wichtiger ist als die Person selbst. Dann handelt es sich um einen Zwang, der starre Richtlinien für sein sexuelles Verhalten setzt. Niemand weiß, was diesen Affekt beim Fetischisten auslöst oder warum zwei Leute so verschieden auf dieselben Stimuli reagieren. Freud, der sich zuerst mit diesem Komplex beschäftigt hat, ist zum Teil zu falschen Schlüssen gekommen, wie das alle Neuerer tun. Generationen von Psychiatern und Psychologen waren sukzessive damit beschäftigt, das Problem bloßzulegen, haben ihre Forschungsergebnisse hinzugefügt, auf gewisse Irrtümer Freuds hingewiesen, unseren Sprachschatz erweitert und die Motive unserer Verhaltensweise aufgedeckt.

Joey-Boy hatte einen Fetisch, soviel war sicher. Es war eine Art gesteigerter Erregbarkeit, könnte man vielleicht sagen, ein sexuelles Aufreizen – nicht nur seiner selbst, sondern auch des Objekts seiner Begierde – bis beide Seiten für jede Form dieses Reizes überaus empfänglich wurden. Er ließ mich meine Brüste in sein Brusthaar vergraben, er stieß mich zurück und setzte meinen Brustknospen mit seiner Zungenspitze zu, er drehte mich um und küßte meinen nackten Rücken vom Nacken bis hinunter zum Po.

Dann zog er sich zurück und ließ mich stehen, zitternd, mit vibrierenden Nerven und nach Befriedigung keuchend. Er war ebenso erregt wie ich. Das konnte ich deutlich genug erkennen. Er empfand nur einen größeren Anreiz dadurch, daß er uns beide bis zur Spitze der Erregung trieb, als wenn er mich auf den Boden geworfen und genommen hätte.

»Komm, komm«, keuchte ich und starrte auf seinen Körper.

Er trank einen Schluck Pinwinnie. »Wir haben die ganze Nacht Zeit, Honey. Es hat keinen Sinn, etwas zu überhasten. So wie jetzt ist es besser. Wenn dann der richtige Augenblick kommt . . . boiiinnngg!«

Schon gut. Es war einleuchtend. Verdammt hart für ein heißblütiges Mädchen, aber ich würde das Spiel nach seinen Regeln spielen. Außerdem war mein Kollege von L.U.S.T. vor Joey-Boy Hoskins sicherer, wenn er hier mit mir zusammen war, anstatt draußen auf dem Schiff umherzuwandern.

Vielleicht konnte ich sogar seine Arbeit für ihn erledigen.

Wenn mein Freund aufreizender Impulse bedürftig war, so sollte er sie haben. Ich zog den Rock meines Abendkleids hoch über die Hüften hinauf und zeigte meine Beine in den enganliegenden dunklen Nylons, meinen schwarzen Spitzenstrumpfhalter und eine Menge gebräunten und weißen Fleisches. Hoskins starrte darauf und nickte bedächtig.

»Ja, das ist's«, flüsterte er. »Nettes Mädchen, gutes Mädchen. Ich brauche dir nichts zu sagen. Du weißt, es verdirbt alles, wenn man dem Mädchen sagen muß, was es tun soll oder ihm erklären muß, wie ich es haben möchte.«

Ich hatte meine Erfahrungen gesammelt. Ich begriff, was im Partner an fleischlichen Gelüsten und Vorstellungen vorging, wenn sie so offensichtlich waren. Ich ging im Zimmer umher, den Rock bis zur Taille hochgezogen. Seine Blicke erhaschten jeden Schatten, jedes Zucken der Muskeln. Sie krochen förmlich über mich und sie waren wie Nadelstiche, die meine erogenen Zonen trafen.

Ich nahm an, daß die Frau, die ihn Sex lehrte, eine Exhibitionistin gewesen sein mußte. Wenn sie sich seinen siebzehnjährigen Augen so gezeigt hatte, wie ich jetzt, so konnte daran kein Zweifel bestehen. Sie mußte ihm befohlen haben, sitzen zu bleiben und zuzusehen und an der Reaktion des jungen Joey und seinen lustvollen Qualen ihre Freude gehabt haben.

Exhibitionisten leiden gewöhnlich an verdrängten Wünschen. Im Fall der Frau, die Joe Hoskins verführt hatte, wies die Tatsache ihrer häufigen Heiraten darauf hin, daß sie auf der Suche nach dem vollkommenen Mann gewesen war, nach dem Mann, der ihre Wünsche befriedigen konnte. Und nachdem ihr das nicht gelungen war, entschloß sie sich, diesen Siebzehnjährigen, der bei ihr in ihrem Sommerhaus wohnte, zu dem perfekten Liebhaber zu machen, den sie gesucht hatte.

Diese besondere Version sexuellen Verhaltens hat ihre Wurzeln in der Kindheit, oft ausgelöst durch ›Doktor spielen‹, manchmal auch durch reinen Zufall. Es ist eine subjektive Reaktion, bei welcher der Akt der Selbstentblößung ausreicht, um vollkommene Befriedigung zu erlangen. Ich bezweifelte jedoch, daß dies bei der Verführerin der Fall war. Sie benutzte das Ganze als Mittel zum Zweck oder vielleicht erregte sie sich damit so sehr, daß sie ein Opfer ihrer eigenen Technik wurde.

Jedes Mädchen, mit dem Joey-Boy von da an zusammen war, wurde zu der Frau die ihm Sexualunterricht gegeben hatte. Wenn es sich weigerte, mitzumachen, warf er es weg wie einen abgetretenen Schuh. Wenn die Frau tat, was er wollte, wenn sie in aufreizenden Stellungen vor ihm posierte, dann war er in der Lage, den Sommer in seinem siebzehnten Jahr wiederzuerleben.

Ich ließ ihn diesen Sommer mit mir wiedererleben.

Ich ließ den Rock wieder herabfallen, als ich auf die Schreibtisch-Bar zuging und sah, wie seine Augen in gieriger Vorfreude glühten. Demnach hatte die Frau auch das getan: Den Rock hochreißen, ihn die bestrumpften Beine und den Strumpfgürtel sehen lassen, ihn zu erregen und dann den Vorhang vor der Show herablassen.

Es gibt eine Theorie, derzufolge die echte Exhibitionistin Männer haßt. Indem sie sich vor einem Mann entblößt, selbst wenn sie sich ihm verweigert, zeigt sie ihre Verachtung für das männliche Geschlecht, indem sie ihn sehen läßt, was er doch nie besitzen kann. Möglich. Ich war kein Gehirnschlosser. Ich war Geheimagentin und hatte eine Arbeit zu erledigen.

Oder vielmehr, ich wollte eine Arbeit nicht aufgeben.

Errege Joey-Boy. Erschöpfe Joey-Boy. Vernichte Joey-Boy.

Ich nippte an meinem Scotch-on-the-Rocks und überlegte, was die Frau sonst noch getrieben haben mochte. Ich versuchte, meine eigene Identität aufzugeben, die einer verheirateten Frau anzunehmen, die drei unbefriedigende Ehemänner gehabt hatte und einen strammen Jungen zu dem formen wollte, was ihrer Wunschvorstellung entsprach.

Meine Brüste waren steinhart, die dunkelbraunen Spitzen steif.

Ich blickte auf sie hinab und dann auf Hoskins. Seine Lippen waren geöffnet und er bewegte sie leicht. Seine Augen waren glasig. Ich glaube, daß er in seiner Vorstellung wieder der Siebzehnjährige von damals war.

Die sich bewegenden Lippen waren ein Hinweis. Ich beugte mich zu ihm hin, bot ihm meine linke Brust. »Küß sie«, sagte ich.

»Ahhh«, hauchte er und beugte sich vor.

Die Frau war eine gute Lehrmeisterin gewesen. Er rührte sich nicht, bis sie es ihm erlaubte. Seine Lippen waren weich, feucht. Sie lösten eine sinnliche Explosion in meinem Körper aus, die in roten, blauen und grünen Funken zu detonieren schien. Ich wimmerte unter diesem saugenden Mund, ich spürte, wie meine Hüften zuckten. Ich fragte mich, wie lange dies weitergehen konnte. Die Frau, die Jung-Joey trainiert hatte, mußte über ein größeres Stehvermögen verfügt haben als ich. Ich war am Rand des Wahnsinns.

Ich kämpfte gegen meinen Körper an. Ich gewann den Kampf, aber nur ganz knapp. Dann nahm ich seine Wangen zwischen die Handflächen und dirigierte seine Lippen zu meiner anderen Brust. Ich preßte sein gerötetes Gesicht zwischen meine beiden Hügel und streichelte ihn mit ihren inneren Wölbungen.

Dann stieß ich ihn zurück und begann mir mit den Händen über die Brüste zu streichen, wobei ich ihn zusehen ließ. Ich quetschte meine Brustknospen zusammen. Ich rieb sie. Anscheinend hatte das seine Lehrmeisterin ebenfalls getan; denn Joey keuchte wie ein Hund an einem heißen Augusttag.

Die Versuchung überkam mich, einen Karateschlag mit der Handkante auf seinem bulligen Hals zu landen. Ich wagte es nicht. Möglicherweise würde, wenn er diesem sexuellen Coma entrissen wurde, eine mörderische Wut entstehen. Ich war nicht in der Verfassung, irgendwelche Judogriffe anzuwenden.

Ich befahl ihm, mir mein Abendkleid auszuziehen. Er legte es über einen Stuhl, ohne die Augen von meinem Körper zu wenden, der bis auf Strümpfe, Strumpfhalter und Abendschuhe nackt war. Ich ging zum Radio, schaltete es an und suchte nach weicher Tanzmusik.

Wir tanzten lange Zeit, Joey-Boy in seinen Boxershorts, ich mit Strumpfhalter und Nylons ausgerüstet. Von Zeit zu Zeit verlor er die Selbstbeherrschung, riß mich eng in die muskulösen Arme und preßte sich in äußerster Hilflosigkeit gegen meine Lenden. Als das das erstemal passierte, verpaßte ich ihm einen Schlag. Das war genau das Richtige. Er war hingerissen.

Ich sagte mir, daß diese einleitenden Lustbarkeiten allmählich ein Ende haben müßten. Aber wie sollte ich das auf die richtige Weise bewerkstelligen? Auf einem Bett natürlich. Aber wie dorthin kommen? Wie lange mußte das Reizspiel noch weitergehen? Wenn ich die verheiratete Frau gewesen wäre, die ihm seine Unberührtheit genommen hatte, was hätte ich dann getan? Die Antwort war vermutlich recht naheliegend.

Nachdem ich eine Weile nachgedacht hatte, rief ich: »Der Kolben!«

Joey-Boy nickte benommen, ließ die Hände zu meinen Hinterbacken gleiten und hob mich hoch. Meine Schenkel spreizten sich weit. Immer höher hoben mich diese starken Hände, verharrten und senkten mich dann geradewegs auf das Ziel hinab. Dieses Ziel erfüllte meine ganze Welt. Ich begann zu stöhnen.

Die Hände hoben mich, senkten mich. Ich wurde zum lebenden Bestandteil dieses arbeitenden Kolbens. Auf, ab, auf, ab gingen diese Hände und ich bewegte mich mit ihnen. Alles, was ich tun konnte, war, mit gegen seine Beine gepreßten Schenkeln und um seinen Hals gelegten Armen zwischen diesen Fingern zu hängen.

Hinauf, hinunter, hinauf, hinunter, so ging es eine ganze Weile.

Dann ließ mich Hoskins auf den Boden hinab und sank unter mich. Er stützte sich, das Gesicht nach oben, auf Füße und

Hände und nun war ich das Mädchen auf dem Delphin, das sich, von dem nach oben durchgebogenen muskulösen Körper hin und her geschüttelt, wand und drehte. Nur ein Mann mit so überlegenen Kräften konnte diese Position so lange halten – über eine halbe Stunde.

»Die Sch-sch-schere?« winselte ich.

Er sah ein bißchen überrascht drein. »Die Schere kannst du, nachdem du auf dem Delphin geritten bist, niemals mehr durchhalten«, murmelte er. Dann lachte er. »Vielleicht bist du aber inzwischen auch ein bißchen abgebrüht, Honey.«

»Ja«, keuchte ich. »Das bin ich.«

Er schob mich von sich weg. Ich war wie eine Lumpenpuppe. Er hielt mich fest, während ich auf der linken Seite auf dem Teppich lag. Seine Linke glitt zu meinem rechten Knöchel und hob mein Bein gerade in die Luft. Dann schob er sich im rechten Winkel gegen meinen Unterkörper.

Diese Position war wesentlich leichter für uns beide.

Ich glaube, der Morgen dämmerte, als ich zusammenbrach. Ich war völlig fertig. Ich lag da wie ein Bündel alter Lumpen und schlief tief.

Ich öffnete die Augen, als die Kabinentür geöffnet und wieder geschlossen wurde. Noch immer war ich völlig schlaftrunken. Das von der Companionway hereindringende Licht schien Bestandteil des Traumes zu sein. Ich war eine Zielscheibe; Joe Hoskins warf mit Wurfpfeilen nach mir und traf jedesmal ins Schwarze. Ich wurde mir der geöffneten Tür nur vage bewußt, wie in einem Alptraum.

Ich schloß wieder fest die Augen und schlief weiter.

Joey-Boy hatte seine Pyjamahose angezogen, als er mich kurz nach elf am nächsten Morgen wachrüttelte. »Du hast dir das Frühstück entgehen lassen, Honey«, sagte er grinsend. »Aber keine Angst, Joey war auf Draht.«

Er hatte einen Decksteward mit Hilfe eines Trinkgelds veranlaßt, Orangensaft, Schinken und Ei und heißen Kaffee zu bringen. Ich aß, als würde Essen außer Mode kommen. Dann realisierte ich, wo ich war.

»Ups! Ich bin gestern nacht nicht in meine Kabine gegangen«, sagte ich. »Nun muß ich in meinem Abendkleid dorthin zurückkehren. Und die Leute werden wissen, wo ich gewesen bin.«

»Und was du getan hast.« Er nickte.

Wir begannen beide zu lachen.

»Ich werde mich anziehen«, sagte Joey-Boy, »und einen Rock und Pullover aus deiner Kabine holen. Und Schuhe auch. Abendschuhe zu Straßenkleidung sieht albern aus.«

Der Junge kannte sich mit Frauen aus. Ich nickte und überlegte, wie schade es war, daß er sterben mußte. Aber schließlich nehmen alle guten Dinge ein Ende, wie man so zu sagen pflegt.

Er war innerhalb einer Viertelstunde zurück. Um seine Augen und Lippen lag ein Zug von innerer Anspannung. Er sah drein, als hätte er irgendeinen Schock erlitten. Ich dankte ihm mit einem Kuß – fuhr er vor mir zurück oder bildete ich mir das nur ein? – und zog mich dann an.

Ich faltete mein Abendkleid zusammen und schlüpfte mit einem Winken der Hand hinaus. Vermutlich war Joey-Boy auf die vergangene Nacht hin hübsch müde. Ganz plötzlich sah er aus, als hätte er seinen letzten Freund verloren. Vielleicht brauchte er wirklich Schlaf.

Den brauchte ich im übrigen selbst. Ich legte mich in meiner Luxuskabine nieder und absolvierte einen langen, traumlosen Schlummer, aus dem ich frisch wie soeben gemolkene Milch erwachte. Joey Hoskins und ich würden heute nacht wieder ein Fest feiern. Uncle Sam und meine Pflicht konnten weitere vierundzwanzig Stunden warten. Der Präsident war völlig sicher, solange sein Meuchelmörder in spe auf hoher See schwamm – zusammen mit mir.

Ich wählte ein schulterfreies schwarzes Chiffonkleid, in dem ich wie eine Königin aussah, legte eine Perlenkette um, schob meinen guten Perlenring auf den Finger und ging, um meinen Freund aufzusuchen.

Ich traf ihn beim Martinitrinken in der Bar an. Er war halb

hinüber und ich verspürte kalten Zorn. Alkohol schwächt einen Mann in sexueller Beziehung. Ich hatte keine Lust, mich diese Nacht mit einem sabbernden Betrunkenen abzugeben. Ich wollte einen Siebzehnjährigen, der darauf geschult war, sich Zeit zu lassen.

Er grinste mich schief an.

»Du brauchst was zu essen«, sagte ich scharf, »und schwarzen Kaffee.«

Er zuckte die riesigen Schultern.

Ich wandte mich an den Barkeeper. »Jimmy, ein Rob Roy, süß.«

Während Jimmy den Drink vor mich hinstellte, sagte er: »Pech mit dem Mann, der heute am frühen Morgen über Bord gefallen ist, nicht wahr?«

»Welcher Mann?« fragte ich.

»Der Bursche, der immer eine Madrasjacke getragen hat. Es ist übrigens merkwürdig, daß er über Bord gefallen ist. Ich weiß nichts davon, daß er überhaupt etwas getrunken hat. Aber vielleicht hatte er auch einen Schwindelanfall.«

Vielleicht. Vielleicht auch nicht. Ich verspürte eine plötzliche Kälte in meinem Magen. Ich wagte nicht, Joe Hoskins anzusehen. Wäre er nicht die ganze letzte Nacht über mit mir zusammengewesen, so hätte ich schwören mögen, daß er meinen L.U.S.T.-Kollegen über die Reling befördert hatte. Der gesüßte Rob Roy glitt meine Kehle hinab, verabsäumte jedoch, mich zu wärmen. Vielleicht hatte ich zu lange nichts Ordentliches gegessen.

»Gehen wir essen«, sagte ich barsch und griff nach meiner Tasche.

Irgend etwas hatte sich zwischen uns verändert. Es war, als ob die vergangene Nacht nicht gewesen sei. Da war eine Fremdheit, eine Wachsamkeit, ein Gefühl der Erwartung. Wir gingen schweigend in den Speisesaal der ersten Klasse. Wir aßen überbackenen Hummer, wir tranken einen herben Weißwein. Zum Dessert gab es Crêpes Suzette.

»Gehen wir was trinken«, murmelte Joey-Boy.

Drei, vier Stunden lang tranken wir an der Bar. Die Zeit schien gar nicht zu existieren, nur ein einziger langer Augenblick des Wartens. Wir sprachen nicht, kein einziges Mal. Wir saßen da, starrten ins Leere oder in die Gesichter der anderen Leute. Ich fragte mich, was die wohl über uns dachten. Aber es war mir egal.

»Schnappen wir ein bißchen frische Luft«, sagte ich.

Wir schlenderten aufs Promenadendeck, nach wie vor schweigend.

»Vom obersten Deck aus können wir die Sterne besser sehen«, murmelte er. Wir gingen die Treppe hinauf zum obersten Deck und standen da, die Sterne anstarrend. Der Wind, der über den Pazifik strich, war kalt. Ich schauderte. Ich ging zur Reling und blickte hinunter in das wirbelnde Wasser, in dem sich matt die Sterne widerspiegelten.

Ich legte eine Hand auf die Reling und wandte mich Joey-Boy zu.

»Was stimmt zwischen uns nicht mehr?« flüsterte ich.

»Das, du Luder!«

Er stopfte mir etwas zwischen die Brüste. Dann ergriffen mich seine Hände. Er hob mich hoch und stieß mich über die Reling.

10. Kapitel

Glücklicherweise war meine Hand noch an der Reling.

Ich hatte, als er mich angezischt und mir das Ding zwischen die Brüste gesteckt hatte, instinktiv fester zugepackt. Als er mich vom Deck hochgehoben hatte, hatten meine Finger das dünne Holzgeländer wie ein Schraubstock umklammert.

Durch den Ruck, den mein über Bord fliegender Körper verursachte, wurde meine Hand von der Reling losgerissen, aber nicht, bevor meine andere Hand eine unter dem hölzernen Geländer verlaufende Metalleiste gepackt hatte und dann eine weitere, als mein Körper an der Seite des Schiffs hinunterglitt. Ich versuchte, mich gegen das kalte Metall zu pressen. Unter mir gurgelte das Wasser da, wo es vom Kiel des Schiffs durchschnitten wurde.

Ich wollte schreien, aber meine Kehle war vor Angst wie zugeschnürt. Vermutlich glaubte Joey-Boy, daß ich schreien würde, denn ich hörte, wie er in Panik die Deckplanken entlangrannte. Er wollte weit weg sein, bevor sich dieser Schrei mir wie eine Explosion entrang.

Er wußte, daß ich, Schrei hin, Schrei her, loslassen müßte und in den Pazifischen Ozean stürzen würde. Die ›Saigon Queen‹ würde ihre Reise fortsetzen und mich als treibendes Stäubchen weit hinter beiden Schiffsschrauben zurücklassen. Innerhalb einer Stunde mußte ich ertrinken.

Ich sah die Rettungsboote in ihren Davits hängen, zu weit für mich entfernt. Ich sah das Promenadendeck unter mir, aber es stand nicht vor wie bei einigen anderen Ozeandampfern. Seine Reling war auf gleicher Ebene mit der Seite der ›Saigon Queen‹. Auch dort keine Hilfe.

Meine Finger begannen sich zu lösen. Gleich mußte ich hinabstürzen. Meine Kehle wurde frei. Ich kreischte, stieß einen langen Schrei aus, der durch die kühle Nachtluft hallte.

Ich fragte mich, ob Joseph Hoskins diesen Schwanengesang hörte.

Meine Finger ließen los. Ich stürzte hinab.

Ich hatte mich so eng wie möglich gegen die Schiffsseite gepreßt, so daß ich mehr daran entlangglitt als eigentlich fiel. Deshalb geriet ich nah an die seitliche Öffnung des Promenadedecks.

Meine Beine sind länger als meine Arme. Ich trat mit ihnen aus, zielte nach der Reling, versuchte sich mit ihnen wie mit einer Schere zu umfassen, um meinen Sturz aufzuhalten. Mein Knöchel schlug gegen die Reling und glitt ab.

Ich starrte, den Kopf nach unten, in das wirbelnde Wasser. Ich spürte, wie mein Fuß von der Relingleiste abglitt und – jemand packte ihn.

Eine Stimme brüllte um Hilfe. Ich segnete innerlich die Spät-ins-Bett-Geher, die noch einmal eine Runde auf dem Deck machten, bevor sie in die Falle krochen. Und die Säufer, denn die waren es, die diesen letzten Atemzug kühler Pazifikluft brauchten, um das notwendige Gleichgewicht zu erlangen, um zu ihren Kabinentüren zu kommen.

Weitere Hände griffen nach meinem Bein. Mein Abendkleid lag um meine Schultern, so daß meine Retter einen prächtigen Ausblick auf den Drumschen Torso hatten, splitterfasernackt bis auf den Strumpfgürtel und die Nylons. In dieser würdelosen Position konnte ich meine Arme heben und meine Handflächen auf den Teil des Decks legen, wo es unterhalb der Reling vorstand.

Die Hände zogen mich hoch. Ich half nach, indem ich mich an den Relingleisten abstieß. Das Hinterteil voraus, gelangte ich über das Geländer zurück. Hinter mir hörte ich jemand sagen: »Was für ein Jammer, wenn sie ertrunken wäre, armes Ding.«

Ich habe was für Männer übrig, welche die feineren Dinge des Lebens zu schätzen wissen. Und so drehte ich mich um, warf die Arme um einen der Männer und küßte ihn. Dann ging ich zu den anderen und küßte sie ebenfalls. Mochte die ganze Welt zuschauen, mir war's egal.

Ich lebte. Und ich war dankbar.

»Die Jungens hier werden eine Herzattacke bekommen, wenn Sie Ihr Kleid nicht herunterziehen, Darling«, murmelte eine sehr weibliche Stimme.

Ich blickte an mir herab. Mein Abendkleid war noch immer um meine Achselhöhlen gewickelt. »O je!« schrie ich und strich alles sittsam hinunter.

»Was war denn los?« fragte jemand.

»Ich habe einen Rob Roy zuviel getrunken und lehnte mich gegen die Reling. Und dann verlor ich das Übergewicht.«

Es gab ein wildes Hin- und Hergerenne, Stewards und ein Deckoffizier versuchten jedermann zu beruhigen und die

Ordnung wiederherzustellen. Mir war das nur recht. Wenn es sich vermeiden ließ, so sollte Joey-Boy gar nicht erst erfahren, daß sein kleiner Kunstgriff fehlgeschlagen war.

Meine Handtasche war über die Reling gefallen, als ich selbst über Bord gegangen war, also mußte mich der Steward mit einem Nachschlüssel in meine Kabine hineinlassen. Ich dankte ihm überschwenglich und versprach, niemals mehr so viel zu trinken.

Als er gegangen war, steckte ich die Hand in das Oberteil meines Abendkleids und holte das zerknitterte Etwas heraus, das Hoskins zwischen meine Brüste geschoben hatte, bevor ich von ihm über die Reling geworfen wurde. Es handelte sich um einen Zettel, auf den ein paar Worte gekritzelt waren.

Ich glättete das Papier. Auf ihm stand:

›Danke für den Tip. Ich habe versucht, Sie zu sprechen, aber Sie waren nicht da. Ich möchte mit Ihnen ausmachen, wie wir Hoskins am Morgen erledigen.‹

Oh, dieser verdammte Idiot! Kein Wunder, daß Joe-Boy so mitgenommen ausgesehen hatte, als er in seine Kabine zurückgekehrt war, wo ich nach unseren Liebesexzessen pudelnackt ausgestreckt gelegen war. Er war schließlich kein Trottel, er konnte zwei und zwei zusammenzählen. Er mußte vermutet haben, daß ich L.U.S.T.-Agentin war, genau so wie er den Mann in der Madrasjacke richtig eingeschätzt hatte.

Während ich geschlafen hatte, war er aus der Kabine geschlichen, hatte meinen Kollegen umgebracht und ihn über Bord geworfen. Danach war er zurückgekommen, bereit, da weiterzumachen, wo er bei mir aufgehört hatte. Wenn ich mich nicht darüber beklagt hätte, daß ich in meinem Abendkleid in meine Kabine zurückgehen müsse, so hätte Joey-Boy niemals den Zettel gefunden, als er dort meine Kleider geholt hatte und ich wäre nie über die Reling geworfen worden.

Ich griff nach meinem Koffer, diese Spezialanfertigung von L.U.S.T. enthielt eine Ledertasche mit dem neuesten Einbrecherwerkzeug und meinen vertrauenswürdigen kleinen Colt. Ich steckte beides in meine große Schultertasche. Wenn mich jemand sah, wie ich im Abendkleid diese Tasche schleppte, so mußte er das für einen Stilbruch halten. Also zog ich das Abendkleid aus und schlüpfte in ein grüngestreiftes Hemdblusenkleid.

Ich verließ meine Kabine und ging schnell zu Joeys Suite. Ich hatte keine Ahnung, ob er dort war. Vielleicht schlief er fest, vielleicht trank er seinen Pinwinnie, vielleicht betrank er sich auch an der Bar.

Mit Hilfe des Zelluloidstreifens öffnete ich die Kabinentür. Ich schob sie sehr langsam auf. Das Zimmer war dunkel. Ich schlüpfte hinein und schloß die Tür hinter mir. Lauschend und kaum atmend blieb ich stehen.

Es war niemand da. Ich war ganz allein.

Ohne etwas anzurühren, ging ich in die Schlafkabine. Ich erinnerte mich genau an jedes Möbelstück. Und das durch das Bullauge dringende Mondlicht warf seinen silbernen Glanz über das Bett, den kleinen Nachttisch und den Stuhl, um mir zu verraten, daß niemand auch nur einen Bettüberzug gewechselt hatte.

Ich bezog, den Colt in der Hand, neben dem Bett Posten.

Eine Viertelstunde später hörte ich, wie er die Kabinentür vom Gang her öffnete. Er summte vor sich hin, während er sternhagelbetrunken zwischen den Stühlen und dem Sofa im Salon hindurchtaumelte. Ein dumpfer Krach ertönte. Ich hörte ihn fluchen.

Dann stand er auf der Schwelle zum Schlafzimmer. Er schwankte und bekam dann einen Schluckauf. Er konnte sich kaum auf den Füßen halten. Seine Hand tastete an der Wand nach dem Lichtschalter. Dann sah er mich da stehen, vom durch das Bullauge hereindringenden Mondlicht umflossen.

Seine Augen wurden groß. Sein Mund öffnete sich und er stöhnte mit erstickter Stimme auf.

»Du b-bist z-zurückgek-kommen«, gurgelte er. »Du bist – ihr Gespenst.«

Abgrundtiefes Entsetzen lag auf seinem Gesicht, dasselbe Entsetzen, das ein Höhlenmensch bei irgendeiner Naturkatastrophe empfunden haben mochte, die er als Magie oder das Werk irgendeiner zornigen Gottheit betrachtete. Er hob die Hand und schlug in die Luft vor ihm, als versuche er mich wegzuwischen.

»D-du bist t-t-tot. Ich habe dich umg-gebracht.«
»Ich fühle mich einsam, Joey-Boy.«
»Nein«, wimmerte er. »Nein!«

Ich schoß ihn durch die Brust, mitten durchs Herz. Zum Teufel mit dem Lärm. Ich war von L.U.S.T. Er sackte gegen den Türrahmen, vorne auf seinem Hemd erschien ein dunkler Fleck.

»Du hast gepfuscht, Joey«, flüsterte ich. »Gespenster können nicht schießen. Und das, was auf dich gerichtet ist, ist ein L.U.S.T.-Revolver. Du hast mich über die Reling geworfen – aber du hast nicht abgewartet, ob ich auf dem Wasser aufschlagen würde. Du hast dich betrunken, weil ich glaube, daß du mich auf deine Art geliebt hast. Du hast nicht gewagt, mich am Leben zu lassen, denn dann wärst du nicht mehr sicher gewesen. Eigentlich sollte ich dich L.U.S.T. lebend übergeben. Aber das bringe ich nicht fertig. Es ist also das beste für dich, wenn ich ...«

Mir wurde schlecht, aber ich kämpfte dagegen an, indem ich das Bullauge öffnete und die kalte Seeluft einatmete, bevor ich den Revolver hinaus in den Ozean warf.

Dann ging ich zur Kabinentür. Ich öffnete sie und schlüpfte auf den Gang hinaus. Es war kurz nach drei Uhr morgens. Fast alle Passagiere der ›Saigon Queen‹ schliefen.

Mit von Tränen verschleierten Augen rannte ich zu meiner Kabine. Manchmal ist es ein hartes Brot, Agentin zu sein. Man trifft einen Mann, den man lieben könnte. Man weiß, er ist ein Schuft – ein Killer, den zu töten man verpflichtet ist.

Das Geheimnis seiner Ermordung wird natürlich nie geklärt werden. Dazu sind wir L.U.S.T.-Agenten zu gerissen. Die Waffe, mit der Joey erschossen worden ist, liegt auf dem Grund des Pazifischen Ozeans.

Ich war wieder in Sicherheit. Bereit für eine neue 69er L.U.S.T.

ENDE